Le sang des sirènes

Thierry Serfaty

Le sang des sirènes

ROMAN

Albin Michel

22, rue Huyghens, 75014 Paris

www.albin-michel.fr

ISBN 2-226-11401-7

Dan, mon frère

« Quand les hommes ne se noient pas, lui demandait la petite sirène, peuvent-ils alors vivre toujours, ne meurent-ils pas comme nous autres ici dans la mer ?

– Si, disait la vieille, il faut aussi qu'ils meurent, et la durée de leur vie est même plus courte que la nôtre. Nous pouvons aller jusqu'à trois cents ans, mais, lorsque nous cessons d'exister ici, nous ne devenons que de l'écume sur les flots, sans même une tombe au fond de l'eau parmi ceux qui nous sont chers. Nous n'avons point d'âme immortelle, nous ne reprenons plus jamais vie, pareilles au roseau vert qui, une fois coupé, ne peut jamais reverdir ! Les hommes par contre ont une âme qui vit toujours, qui vit après que leur corps est tombé en poussière ; elle s'élève alors dans l'air limpide jusqu'aux constellations étincelantes ! Comme nous émergeons de la mer et découvrons les terres des hommes, de même ils émergent en des lieux inconnus et ravissants que nous n'aurons jamais l'heur de voir.

– Pourquoi n'avons-nous pas eu d'âme immortelle ? demanda la petite sirène attristée [...]. Il me faudra donc mourir et flotter comme écume sur la mer, n'entendre plus la musique des vagues, ni voir les fleurs délicieuses et le soleil des matins et des soirs ! Ne puis-je donc rien faire pour gagner une âme immortelle ? »

La Petite Sirène,
H.C. Andersen.

Prologue

Je suis danois et, dans mon pays, on croit, on a envie de croire, au retour de l'âme.

Je m'appelle Jan Helleberg, je suis danois, scientifique cent pour cent, scientifique dans l'âme. Et je ne crois pas à ce retour.

Je suis médecin et chercheur dans le domaine de l'infectiologie. Je travaille tous les jours que Dieu – ou la science – fait, à l'Institut d'expérimentation en immunologie appliquée à la recherche antivirale, à Copenhague. Et, comme je ne crois pas à l'immortalité, je fais amende honorable vis-à-vis de mes compatriotes : j'essaie de retarder la mort. Mes travaux de recherche visent en effet à trouver un médicament susceptible de lutter contre l'infection virale en cours, un médicament qui empêche le virus de pénétrer dans la cellule humaine et freine, dans le même temps, sa multiplication.

Estimant sans doute mon effort de pénitence appréciable, l'opinion publique – celle de mes collègues scientifiques, du moins – m'a pardonné de ne pas être solidaire d'elle : le résultat de mes recherches est unanimement reconnu au niveau international. L'institut est réputé et il est représenté, par l'intermédiaire de ma voix, à tous les grands congrès où les avancées de la virologie doivent être démontrées.

Pour tout vous dire, Jan Helleberg est un nom suffisamment prononcé pour dépasser la célébrité limitée au monde scientifique médical.

La belle affaire...

Je m'appelle Jan Helleberg, et Jan Helleberg vient de mourir. Je ne suis pas une fille de l'onde et, par conséquent, je ne me suis pas transformé en écume ; je suis parti en fumée. Dans un accident de voiture, par une fin d'après-midi du mois de décembre 1997, alors que je rejoignais celle qui venait de me téléphoner : la femme que j'aime. J'ai quitté il y a moins d'un quart d'heure mon domicile, à Klampenborg, au nord de Copenhague, et il fait déjà nuit noire à cette période de l'année. J'emprunte comme toujours la route qui longe la mer pour gagner le centre de la ville, près du Tivoli. La route n'est pas plus glissante qu'hier ou avant-hier. Il faut dire qu'il fait étonnamment doux pour la saison, et il n'a pas plu. La chaussée n'est même pas humide ; pourtant, dans ce virage à la courbure légère, dans lequel je me suis peut-être engagé un peu trop vite, ma voiture poursuit sa trajectoire rectiligne. Je tente de freiner, doucement d'abord, puis en écrasant la pédale de toute la force de ma jambe. Sans succès. Aucune réponse des freins. La voiture arrache la rambarde de sécurité en quittant la route, dévale la paroi rocheuse, s'écrase sur le flanc de cette paroi et explose, provoquant une pluie de débris incandescents sur la surface lisse de la mer toute proche.

Je ne suis bientôt plus qu'un corps carbonisé, méconnaissable, dans une carcasse métallique brûlante.

Je m'appelle Jan Helleberg, je suis un chercheur mort. Célèbre, peut-être même utile, mais résolument *mort.*

Je ne suis pas une sirène, et la mort sans retour ne me contrarie pas. Ce qui me dérange, m'horripile au plus haut point, en revanche, c'est de ne pas savoir pourquoi je suis mort.

Pourtant, je peux affirmer que j'ai été *assassiné.* Sans m'y attendre le moins du monde, et sans même pouvoir déterminer le mobile, en dépit de tous mes efforts.

« Et toi, pauvre petite sirène, tu t'es de tout ton cœur efforcée comme nous [de faire tout le bien en ton pouvoir]. Tu as souffert et consenti à souffrir, tu t'es haussée au monde des esprits de l'air et maintenant toute seule [...] tu pourras te créer une âme immortelle dans trois cents ans. »

Trois cents ans ! Malheureuse... Je n'aurais jamais eu une telle patience. Il faut dire qu'elle sait, elle, pourquoi elle est morte : elle a même choisi de mourir. Elle en a accepté le risque en sachant que cela se produirait si le prince ne tombait pas amoureux d'elle... Ma princesse m'aime, moi, et j'ai péri malgré cela. Si je pouvais revenir, je le ferais immédiatement, pas dans trois siècles, et certainement pas en esprit de l'air, mais en chair et en os. Pour savoir, pour comprendre ce qui a pu motiver le geste assassin. Parce que je ne crois pas que l'on meure par hasard. A fortiori l'interruption criminelle d'une existence a de bonnes raisons d'être expliquée...

Je ne crois en rien, en rien d'autre que ce que je vois. Et je constate, à l'instant présent, que je parle. Alors qu'il y a quelques instants encore, je brûlais dans cette voiture. Je viens de mourir, et je parle !

Je ne crois pas non plus aux miracles, aux interventions surnaturelles et autres phénomènes de magie. Pourtant, aujourd'hui, je dois bien me résoudre à l'évidence : je suis vivant, à nouveau.

J'ai dû faire l'objet d'une dérogation extraordinaire, car la Vie vient de réveiller mon corps inerte, brûlé. Elle a remis en route un cœur qui a cessé de battre brutalement. Je le sais, j'en suis sûr, je peux même prendre mon pouls ! Je dois l'accepter, comme un fait clinique et biologique incontestable : la Vie a ressuscité Jan Helleberg le scientifique, le cartésien.

Elle l'a pris par la main et Elle lui a montré, comme un film que l'on rembobine jusqu'au passage recherché, des images vieilles de quelques heures : une main gantée qui manipule, d'un geste vif, le système de freinage de la voiture...

Oui, c'est la Vie qui m'a montré la main criminelle, qui m'a révélé ce qu'aucun technicien ne pourra voir parmi les débris méconnaissables de mon véhicule. C'est du non-croyant, sans doute, qu'Elle a eu pitié, du chercheur athée qui n'aurait pas pu se raccrocher à la fatalité, à la décision divine impénétrable, pour accepter une mort sans motif tangible.

La Vie l'a fait parce qu'Elle me sait prêt à fermer les yeux sur un retour surnaturel pour mieux les ouvrir sur mon existence passée. Parce qu'il faut bien comprendre que je ne cherche pas à reprendre simplement le cours de ma vie, grâce à un coup de baguette magique, pour exercer une quelconque vengeance ; je n'en veux à personne de m'avoir tué. Je n'en veux qu'à moi-même de n'avoir pas un instant compris ce qui se tramait autour de moi, de n'avoir pas le moins du monde subodoré cette mort criminelle.

La Vie me permet de revenir en arrière pour poser un autre regard sur les gens et les choses qui m'ont entouré et que j'ai probablement mal observés, à en juger par l'interruption plutôt brutale de mes jours.

Je ne veux pas non plus être un fantôme omniprésent, une ombre furtive cachée qui pénètre les esprits des vivants... Je veux, je vais être, pour la seconde fois, Jan Helleberg, un être de chair, palpable, identique à lui-même. Je vais bâillonner une fraction de seconde l'homme de science, remonter le temps par un mécanisme qui m'est inconnu et que j'accepte avec joie, pour revivre les mêmes choses, aux mêmes moments, avec les mêmes gens. Mais *méthodiquement.* Je veux être mon propre enquêteur, apaiser ma soif policière et ne pas rester sur un non-lieu.

Je suis prêt.

« Pas tout à fait, mon ami, dit-Elle, car il existe une petite condition à ton retour. Tu étais mort, te voilà vivant à nouveau, et tu vas remonter le temps pour enquêter. Mais une enquête, ce n'est qu'une observation plus fine, associée à une réflexion méthodique, pour reprendre tes termes. Et tu n'y retournes que pour cela ; il n'est pas question de changer quoi que ce soit aux événements. Tout revivre comme au premier passage, tout décortiquer, sans rien modifier, tel est le mot d'ordre.

« Tu seras pourtant tenté de transformer les choses, d'influer sur le cours de ton histoire, sache-le ; et c'est compréhensible, puisque tu en connais déjà le déroulement... et l'issue, à laquelle tu n'échapperas pas.

« Je ferai tout ce qui est en mon pouvoir pour te protéger de cette tentation ; je briderai assez tes souvenirs, s'ils risquent de modifier ton comportement, et je saurai les délier pour le bien de ton enquête. Mais souviens-toi, toujours, que ce retour dans le temps ne t'est permis que pour t'offrir une autre curiosité, pour découvrir l'envers du décor, la face cachée de ton monde trompeur.

« Repars, ouvre les yeux sur ton univers de complots et de trahisons, de faux ennemis et d'amitiés masquées. Et reviens, ici, à la même date. Parce que l'histoire est l'histoire, et Jan Helleberg doit mourir dans les mêmes circonstances. Il a simplement le droit de mourir clairvoyant. Et enfin apaisé. »

1

La pluie tombait discrètement, maintenant, mais Copenhague restait très illuminée depuis sa chambre, parce que l'hôtel était situé exactement en face du parc d'attractions grandiose qu'est le Tivoli, en plein centre-ville. Et puis, au mois de décembre, c'était le pays entier qu'on parait de décorations de Noël ; les rues étaient flamboyantes, comme si la fête contenait avec peine l'explosion de couleurs et de musique qu'elle déploierait le 24 au soir, malgré l'absence de neige. Aux fenêtres brillaient les chandeliers à sept branches scandinaves, qui ajoutaient à la lumière de la rue.

Sur son visage, il n'y avait plus de lumière. Il y avait autant de vie à l'extérieur que de mort en elle. Il restait juste ce peu d'énergie vitale qui venait finir en larmes sur ses traits éteints. Elle était assise sur une chaise, devant la fenêtre, immobile, presque pétrifiée, insensible à l'animation de la ville. Même les lumières vives, presque agressives, du Tivoli ne rendaient aucune couleur à sa peau livide.

Toutes les choses autour d'elle semblaient s'éteindre dans le grondement sourd de sa peine, et rien ne semblait pouvoir la sortir de cette léthargie. Pas même la sonnette à la porte, qui résonnait.

Le son était court, assez ferme, mais sans agressivité. Il était insistant, cependant.

Lara se leva dans un effort extrême et ouvrit la porte à une jeune femme mince, grande, blonde, aux cheveux courts. Elle était vêtue de façon très simple, avec un long manteau clair, un grand foulard qui enveloppait ses épaules, une paire de jeans, un gros sac en cuir porté en bandoulière et qui semblait lourd. De petites lunettes ovales, à la monture presque invisible, encadraient des yeux bleu sombre. Son visage était plutôt rond, mais ce qui frappait surtout, c'était une infinie douceur dans l'expression, sans fausse compassion.

« Pardonnez-moi de vous importuner à un moment où vous avez sans doute envie qu'on vous laisse en paix, mademoiselle Radford. »

Elle marqua une pause, laissant à Lara le droit de manifester tout de suite une opposition. Lara baissa les yeux, passa la main dans ses cheveux avec lassitude, puis leva le regard vers la jeune femme sans un mot, reconnaissante de la douceur apaisante de sa voix, l'invitant ainsi à poursuivre.

« Mon nom est Bridget Finley. Tombée dans les filets d'un Danois... mais américaine, comme vous », ajouta-t-elle, pour établir une connivence. Une façon, peut-être, de lui signifier qu'elle pouvait la comprendre et percevoir un chagrin de la même manière qu'elle. « Puis-je entrer ? » demanda-t-elle en regardant autour d'elle, suggérant que le palier d'une chambre d'hôtel n'était pas un lieu très propice à l'échange qu'elle désirait engager.

Lara ne bougea pas du cadre de la porte et articula d'une voix quasi inaudible :

« Que désirez-vous, mademoiselle Finley ?

– Je suis journaliste au *Berlingske Tidene.* J'aimerais m'entretenir avec vous au sujet du docteur Helleberg, si vous en avez le courage...

– On m'a déjà demandé de parler du docteur Helleberg, aujourd'hui, et plus que je n'en pouvais supporter.

– Je sais, mais...

– Je vous en prie ! »

Elle avait presque crié en prononçant ces mots. Bridget eut un mouvement de recul, effrayée.

« Je vous en prie, reprit-elle sans force, la tête légèrement renversée, les yeux fermés, je ne peux plus. Rentrez chez vous, mademoiselle Finley. »

La sonnette retentit à nouveau. Lara se leva d'un bond et se précipita à la porte pour l'ouvrir avec violence.

« Vous n'avez pas compris ? Vous n'avez donc aucune décence ? Je ne veux pas vous parler, je veux simplement que vous me laissiez en paix. Est-ce trop vous demander ? »

Elle aurait voulu continuer, hurler, s'en prendre à cette femme comme elle s'en serait volontiers prise au monde entier pour déverser sa rage. Au lieu de cela, elle s'adossa au chambranle de la porte, ferma les yeux et se laissa doucement glisser vers le sol. Bridget la retint par le bras et dit avec douceur :

« Je sais que vous souffrez, et c'est pour cette raison que j'insiste. Mademoiselle Radford, je ne fais pas cela pour avoir mon papier. Je suis journaliste, comme vous, et nous ne sommes pas tous des monstres avides d'informations percutantes !

– Alors, pourquoi ne pas attendre quelques jours pour me rencontrer ?

– Parce que je veux vous aider, et qu'il n'y a pas de temps à perdre.

– Mademoiselle Finley, rappelez-moi demain. Je suis exténuée et ce que je vous dirai ce soir n'aura pas beaucoup de sens ni de valeur », dit-elle en fermant la porte.

Bridget interrompit son mouvement.

« Je voudrais comprendre, mais aussi vous aider à comprendre pourquoi Jan Helleberg n'est peut-être pas mort accidentellement. » Lara se figea. « Je vais vous laisser mes coordonnées, si vous désirez me joindre demain...

– Entrez », coupa Lara.

Bridget pénétra dans une grande pièce sombre qui comportait une partie chambre et un coin-salon. Les couleurs du couvre-lit, douces, se fondaient avec celle de la tapisserie, pêche uni, et contrastaient avec les murs jaune vif du séjour meublé de façon très moderne. Un canapé aux formes contemporaines faisait face à deux petits fauteuils un peu étroits. Le mobilier, élégant mais sans âme, refroidissait encore l'atmosphère qui régnait dans la chambre.

Bridget posa sans bruit son sac avant de s'asseoir dans un fauteuil. Lara reprit sa place dans le canapé, recroquevillée, et observa Bridget, dont le visage était bien éclairé par la seule lampe allumée de la pièce, située à côté d'elle. Son visage dégageait un mélange de sincérité et de détermination. Il émanait d'elle bien plus qu'une simple curiosité de journaliste, il s'agissait plutôt d'une attention vive mais désintéressée, qui inspirait confiance. Cela engagea Lara à rompre le silence, sans détour :

« Mademoiselle Finley, je ne sais pas s'il s'agit d'un stratagème pour me forcer la main, mais j'aimerais que vous clarifiiez ce que vous venez d'insinuer... »

Bridget répondit après un court moment de réflexion :

« Je vais tout vous expliquer, mais laissez-moi au préalable vous dire ce qui motive ma démarche et à quoi notre entretien peut aboutir. »

Elle marqua une pause pendant laquelle Lara garda le silence en signe d'acceptation. Bridget reprit alors :

« Le docteur Helleberg était célèbre, c'est pourquoi notre journal veut couvrir l'événement. Dans ce genre d'article, je recueille généralement des éléments connus de la vie de la personne et j'ajoute quelques informations moins officielles glanées auprès de l'entourage. J'obtiens le plus souvent un papier plutôt insipide qui plaît sans choquer qui que ce soit. » Lara esquissa une grimace. « Je suis d'accord avec vous, Lara. C'est un peu piteux pour un homme comme Jan Helleberg. Et puis, les circonstances de sa mort sont... telles que j'aimerais dépasser le cadre de l'hommage posthume. »

Elle jaugea un instant la réaction de Lara, avant de continuer :

« Lara, vous étiez la personne la plus proche de

lui. Vous l'avez connu professionnellement et... intimement. C'est votre témoignage et notre analyse conjointe qui vont nous permettre d'avancer. Vous connaissiez ses habitudes, ses manies, sa façon de procéder dans ses recherches, les relations qu'il avait établies avec son entourage. Il vous a parlé des gens qu'il considérait comme ses amis, et de ceux qu'il estimait être ses ennemis, aussi, sans doute... Il avait probablement des craintes, ou il avait fait l'objet de menaces dont vous auriez eu vent... »

Lara semblait ne plus écouter, la tête basse. Son interlocutrice se fit plus incisive :

« Je sais que cette évocation est difficile, mais elle est nécessaire. Jan manifestait-il des signes d'abattement ou de lassitude ces temps-ci ? Vous êtes-vous dit qu'il était... dépressif, Lara ?

– Jan était très abattu par le climat de rivalité et de concurrence dans lequel il devait effectuer ses recherches, mais je ne l'aurais pas décrit comme dépressif, non...

– L'idée est choquante, mais essayez de prendre du recul et répondez-moi sincèrement : le croyez-vous capable de s'être suicidé ?

– Absolument pas. Jan était un passionné, quelqu'un qui ne se serait jamais laissé aller à abandonner ses projets, quelle que soit sa déception. Il se tournait trop rapidement vers un autre objectif pour se morfondre après un échec. Ce qui est quasiment certain, c'est qu'il n'aurait jamais baissé les bras au point d'en arriver à cette extrémité. »

Bridget resta songeuse un instant, puis poursuivit

ce qui commençait à prendre la tournure d'une enquête policière :

« Il y a bien sûr l'hypothèse de l'accident malheureux, le véhicule qui échappe au contrôle du conducteur, tout simplement... »

Elle mordilla son stylo, puis, d'un mouvement rapide, se redressa sur son fauteuil et, penchée vers Lara :

« Y croyez-vous ?

– Que voulez-vous dire ? »

Bridget prit une inspiration et se cala dans son fauteuil avec un air embarrassé avant de poursuivre :

« Lara, vous savez parfaitement qu'on ne fait pas – ou pas correctement – notre métier sans avoir des contacts... bien placés, disons. Des gens dans les administrations ou dans la police, susceptibles de nous renseigner lorsque leur service ou leur département est impliqué de près ou de loin dans l'affaire concernée.

– Vous voulez dire que vous avez déjà pris contact avec vos informateurs au sujet de Jan ?

– Je n'ai même pas eu à le faire. Quand il s'agit d'un événement impliquant la disparition d'une personne aussi célèbre que le docteur Helleberg, la police est forcément concernée par le déroulement des faits, et mes "informateurs", comme vous dites, se manifestent spontanément, parce qu'ils savent que je vais les solliciter.

– Avez-vous confiance en eux ?

– Ce sont des sources relativement sûres, dans la mesure où elles sont bien rémunérées. De plus, ces personnes n'ont aucun intérêt à nous mentir. Cela étant dit, elles ne nous livrent pas des secrets défense...

– Qu'avez-vous eu comme renseignements qui vous poussent à croire que Jan n'est pas mort d'un simple accident ? Parce que c'est bien ce que vous voulez me signifier depuis le départ, n'est-ce pas ? Vous me faites peur...

– Mon contact est motard, c'est lui qui s'est rendu le premier sur les lieux de l'accident. Il ne pleuvait pas encore, la route semblait sèche et Kystvejen n'est pas une voie particulièrement sinueuse. L'endroit où Jan a quitté la route correspond il est vrai à un virage, mais un virage très doux ; je m'y suis rendue moi-même, c'est peut-être à trois cents mètres avant l'intersection entre Kystvejen et Hvidorevej. Et il n'y a absolument pas de traces de pneus pouvant faire penser que Jan a tenté de freiner avant d'éventrer la rambarde de sécurité...

– Votre ami a-t-il évoqué des hypothèses, compte tenu des circonstances ?

– Bien sûr. Jan a parfaitement pu s'endormir au volant sans avoir le temps de réagir après avoir manqué le virage. Il avait peut-être bu, ou pris des médicaments qui provoquent la somnolence ?

– Il ne buvait que très rarement, et je ne l'ai jamais vu prendre le moindre comprimé.

– Il y a une autre hypothèse... plus noire, Lara. Jan ne s'est pas endormi au volant, mais, s'il conduisait vite, ce qui est souvent le cas sur cette route du bord de mer quand elle n'est pas très encombrée, les freins du véhicule n'ont peut-être pas répondu lorsqu'il a voulu ralentir avant de prendre le virage.

– Une défaillance mécanique ?

– Ou une intervention extérieure.

– On... on aurait trafiqué la voiture de Jan ? »

Lara s'était redressée. Elle tremblait.

« Je ne sais pas, Lara, pas plus que vous... et sans doute pas plus que ne le sauront les enquêteurs.

– Quoi ? Mais enfin, pour quelle raison ne pourraient-ils pas savoir ? Ils ont bien des gens spécialisés dans ce type d'investigations ! C'est aberrant... »

Elle s'était levée d'un bond. Bridget tenta de l'apaiser :

« Lara, calmez-vous. Je comprends que cela vous révolte et vous blesse ; j'ai posé la même question que vous. Malheureusement, la voiture a explosé en fin de chute, ne laissant que des débris inexploitables ou disséminés dans la mer.

– La police m'a dit que son corps était méconnaissable, brûlé, disloqué. »

Elle étouffa ses pleurs, les yeux clos. Bridget se leva, vint s'asseoir à côté d'elle et passa un bras affectueux autour de ses épaules.

« Lara, toutes les deux, nous ne changerons peut-être pas le cours d'une enquête qui ne mènera sans doute à rien, comme c'est souvent le cas. Mais essayons de reconstituer la vie de Jan, de rassembler tous les souvenirs que vous avez de lui, aussi anodins soient-ils. Nous arriverons peut-être à une conclusion plus proche de la vérité, et peut-être plus douloureuse, mais au moins nous saurons, *vous* saurez. Et peut-être que mon article aura un impact inespéré : celui de soulever des questions que personne n'aura osé se poser. »

Bridget ouvrit son sac et déposa un magnétophone sur la table basse qui se trouvait entre Lara et elle. Le micro était en place, et les essais furent concluants.

« Lara, vous êtes pour une fois de l'autre côté de la barrière ; songez aux recommandations que vous avez prodiguées des centaines de fois : soyez calme, posée. Prenez votre temps, j'ai tout le mien, et laissez les souvenirs émerger à leur rythme.

– C'est la première fois que je me fais interviewer par un journaliste. Pour quelqu'un de la profession, c'est encore plus troublant qu'être interrogé par la police. Décidément, j'accumule les sensations fortes aujourd'hui, ajouta-t-elle, presque cynique.

– Entre consœurs, nous pouvons nous permettre de ne pas être trop conventionnelles. Mettez-vous à l'aise, comme vous aimeriez que les personnes que vous interviewez le soient... Remarquez, parfois, on les préférerait avec plus de retenue ! »

Lara sourit tristement à sa plaisanterie.

« Je vais essayer, mais vous m'aiderez. J'avoue que je ne sais pas par où commencer. Peut-être pourriez-vous me donner un fil conducteur...

– Procédons le plus simplement possible. Vous allez tenter de reconstituer votre histoire comme un récit suivi, ce sera plus facile. Je dis bien *votre* histoire, celle de Jan et vous-même, toute la période que vous avez partagée. Vous allez essayer de vous souvenir de tout, depuis votre rencontre. Ce sera sans doute une bonne trame pour évoquer les gens et les choses qui l'ont entouré. Qu'en pensez-vous ? »

Bridget mit en route l'enregistrement, tout en saisissant un carnet et son stylo. Et, d'une voix faible mais claire, Lara commença :

« Je m'appelle Lara Radford. Je suis américaine et je vis à New York. Je suis journaliste pour une revue scientifique, l'*American Periodical of Immunology*. La presse s'intéresse à l'immunologie parce que c'est un domaine où la recherche bat son plein...

– Lara, mes lecteurs sont des gens du tout-venant... Les termes que vous utiliserez risquent d'être complexes, essayez de simplifier les choses. Pouvez-vous définir en quelques mots l'immunologie ?

– En schématisant à l'extrême, l'immunologie, c'est l'étude des systèmes de défense du corps humain face aux agressions d'un corps étranger. Il faut surtout avoir à l'esprit que la compréhension de ces phénomènes permet de déterminer le mécanisme d'action, inconnu jusqu'ici, de certaines maladies, et d'établir des stratégies pour lutter contre ces maladies. Vous pouvez imaginer les retombées sociales et économiques de telles découvertes. L'immunologie est par exemple à la base de la conception des vaccins. Mais il y a énormément d'applications... Tout ceci explique la forte médiatisation de cette discipline. » Elle marqua une pause. « C'était au mois de juin dernier, à Paris. Une période d'effervescence pour le monde de l'immunologie : pour les équipes scientifiques et médicales comme pour la presse spécialisée. La capitale française accueillait le Congrès international annuel d'immunologie. Tous les journalistes étaient là, et les chercheurs aussi. Sans compter la multitude de médecins, notamment des internistes et les grandes figures médicales de la pathologie infectieuse.

– C'est-à-dire ?

– La médecine interne est une spécialité clinique qui inclut, entre autres, la prise en charge de maladies dites auto-immunes, dont le principe est de présenter une réaction anormale du corps humain vis-à-vis d'un de ses propres organes : celui-ci est identifié à tort par le système de défense immunitaire comme un corps étranger, qu'il attaque et détruit. La pathologie infectieuse étudie, elle, toutes les maladies faisant intervenir un agent infectant vivant, comme une bactérie, un virus, ou un parasite. Vous comprenez donc pourquoi l'immunologie suscite un intérêt particulier pour ces médecins : elle est à la base de leur pratique, explique le mécanisme de ces maladies et détermine des voies de traitement. »

Bridget, attentive, voyait Lara retrouver une certaine énergie. La vie reprend toujours le dessus chez une personne passionnée, songea-t-elle. Lancée sur ce sujet familier, Lara s'animait presque :

« Si les médecins étaient si nombreux au congrès cette année, c'est aussi parce que le mot d'ordre avait été clairement donné : le comité scientifique du congrès avait sélectionné l'exposé des travaux qui avaient les répercussions cliniques le plus directes. En d'autres termes, les travaux purement théoriques avaient été mis à l'écart, et l'on donnait cette année la parole aux chercheurs qui avaient contribué à des recherches ayant des conséquences pratiques en médecine, notamment en matière de nouveaux traitements.

– Et je suppose que Jan Helleberg avait une place de choix parmi les intervenants de ce congrès...

– Il animait la conférence la plus attendue de cette manifestation. Il était par conséquent notre cible privilégiée. Je n'espérais qu'une chose, c'était le rencontrer... »

C'est comme un flash violent, un fond de lumière aveuglante sur lequel courent une multitude d'images, de visages. J'ai l'impression de voir des jours et des nuits s'enchaîner à une vitesse impressionnante, sans rien percevoir distinctement. Je sens aussi des phénomènes physiques indescriptibles dans mon corps, faits d'imperceptibles tremblements, comme si les éléments de mon organisme se décomposaient et se reconstituaient dans un assemblage différent. Ce sont aussi des couleurs, très vives et fugaces, des sons que je n'ai jamais entendus, des secousses brutales. Il me semble que tous mes sens sont stimulés simultanément et totalement débordés. C'est enfin mon corps qui me semble voler en éclats. C'est si rapide que je n'ai pas le temps d'avoir peur, ni même d'imaginer ce qui est en train de se produire. Et quand je tente enfin de repérer quelque chose de familier dans ce délire où je suis perdu, tout s'éteint.

J'ouvre les yeux, comme au sortir d'une épouvantable nuit agitée.

Je regarde autour de moi, tel un nouveau-né dans un monde parfaitement étranger. Plus de voiture en feu, plus de route, il fait jour. Et je suis vivant, vivant ! C'est impossible, c'est invraisemblable, je dois rêver... Je n'ose pas bouger, seuls mes yeux écarquillés parcourent mon corps que je me décide finalement à palper ; tout y est. Mon visage a retrouvé ses traits, il n'y a pas la moindre trace de brûlure sur la peau. J'inspecte la pièce dans laquelle je me trouve, sans reconnaître une structure familière. Je ne suis pas à l'institut, ni chez moi : les murs sont nus, blancs, en partie masqués par une petite armoire en bois sombre. Ils renvoient la lumière qui filtre à travers une étroite fenêtre située sur le mur de gauche, alors que je fais face à la porte. Je suis en costume, assis à un bureau, et c'est ma sacoche qui est posée sur la chaise, là, à l'extrémité de la pièce. Une mallette plus large, rigide, est ouverte sur la table, elle contient des diapositives et deux cassettes vidéo.

Mon pauvre esprit est un puzzle dans lequel on vient de décocher un grand coup de pied, mais en saisissant une des diapositives, brutalement, quelques pièces se remettent en place : elle représente une photo prise au microscope électronique, une image en trois dimensions reconstituée par ordinateur d'une pénétration dc cellule par un virus. *Mes* diapositives, préparées par Max pour le... Non, ce n'est pas vrai ? !

Je me lève d'un bond et j'ouvre la porte d'un geste violent. Sur un hall immense, grouillant de monde. Le plafond est très haut, criblé de spots lumineux qui éclairent un parterre d'hommes et de femmes.

Il doit y avoir près de mille personnes dont les voix convergent en un brouhaha invraisemblable. Médusé, je balaie le paysage du regard : mes yeux courent du vestiaire à l'amphithéâtre dont on aperçoit le fond, occupé par un immense écran blanc. Je scrute les visages, le bar sur la droite, les badges épinglés au revers des vestes...

Je recule d'un pas et referme rapidement la porte du bureau, celui que l'organisateur m'a attribué afin de me préparer avant la conférence. Parce que tout me revient, enfin.

Les lieux, le monde, ce hall, cette pièce. Je regarde fébrilement le cadran de ma montre : il indique le deuxième jour du mois... de juin. Mille neuf cent quatre-vingt-dix-sept. C'est précisément la date qui est inscrite en haut de cette brochure détaillant le programme des conférences et interventions. Le Congrès d'immunologie !

Je me laisse tomber dans le fauteuil, ahuri, la tête entre les mains. Je suis mort le 15 décembre, et me voici à Paris, au Palais des Congrès, six mois plus tôt !

Je me lève et me mets à arpenter le bureau, encore sous le choc d'une évidence déroutante : Elle l'a fait ! La Vie m'a ressuscité, m'a fait remonter le temps ! Je vais pouvoir revivre les événements, retrouver les mêmes gens, les mêmes situations aux mêmes moments ! Je vais retrouver Lara ! J'ai envie de sortir et de courir la prendre dans mes bras, la serrer contre moi pour combler le manque que j'ai déjà ressenti quelques minutes après ma mort...

« Va, retourne, regarde les mêmes choses mais avec un

œil nouveau. Mène ton enquête, mais souviens-toi : ne change rien à l'histoire de ta vie. »

Sous le choc, j'avais déjà oublié l'essentiel, le message était clair, pourtant.

Je pivote sur mon fauteuil à roulettes, la tête renversée, les yeux clos, réjoui par la perspective d'un futur à revisiter. Tout analyser, ne plus rien prendre pour argent comptant ! Je vais être un détective, et par conséquent vivre ma vie sous un autre angle. Et j'accepte les termes du contrat : rien de ce que je vais faire ne doit modifier le cours de ce que moi et les autres avons vécu.

Un détective privé, vraiment très privé, dont l'enquête doit mener à des conclusions qui satisferont simplement ma soif de savoir... jusqu'à ma mort, le 15 décembre 1997. Oui, je sais. Jan Helleberg mourra, comme la Vie en a décidé et à la date prévue, mais cette fois Elle n'aura pas besoin de le relever : il aura découvert l'envers du décor. Il mourra en paix.

Le sourire que j'arbore doit être carnassier, car Jesper, qui déboule à cet instant précis, s'arrête brutalement, me toise, les deux poings sur les hanches, jambes écartées, et me lance :

« Et en plus ça te fait plaisir, n'est-ce pas, de me savoir angoissé par ton retard !... »

Comme je me mets à rire, il se précipite dans le bureau sans attendre ma réponse.

« Tes cassettes vidéo ! Jan, tes cassettes ! Elles devraient déjà se trouver chez le technicien qui assure les projections pendant la conférence ! Les diapos aussi ! Mais, bon sang, qu'est-ce que tu fabriques ? Ça t'amuse d'être en retard, ou tu crèves d'envie de me voir faire un infarctus au beau milieu du hall ? !

– Excuse-moi, mais je crois bien que je m'étais... assoupi quelques instants. »

Tandis que j'enfile ma veste et rassemble à la hâte mon matériel, je l'entends grommeler :

« Et en plus il se fout de ma gueule... »

Je cours à ses côtés pour fendre la foule et atteindre la salle technique, et je l'observe, comme si lui-même était un revenant. Il est tendu, Jesper Sorensen, tendu comme s'il vivait la journée la plus importante de sa vie. Ce qui est presque le cas, à vrai dire.

Depuis qu'il a pris la direction de l'Institut d'immunologie de Copenhague, Jesper n'attend que ce congrès pour voir les travaux de son équipe reconnus. Les miens, en l'occurrence. Pour cet homme long, sec, grisonnant d'avoir tant lutté tout au long de son parcours universitaire et scientifique, une journée comme celle-ci consacre une carrière.

Mais, pour l'instant, il est pâle, mon pauvre Jesper, et ses traits tendus accentuent l'arête de son nez aquilin, sa mâchoire carrée et le noir de ses yeux. Sa silhouette est raide, son pas rapide et presque militaire, il doit trembler intérieurement, et tout le monde le comprend. J'ai presque envie de lui dire que tout va bien se passer, que, somme toute, je vais faire cette conférence pour la deuxième fois, avec succès, je m'en souviens, mais je suis obligé de le laisser à son anxiété.

Jesper enfonce la porte du local en lançant au technicien, soulagé :

« Voici l'animal, je vous le laisse, il va vous remettre les différents documents à projeter que vous attendiez sans doute hier, nous en sommes désolés. » Puis, prenant le type par les épaules, le souffle court, il ajoute : « Travailler avec le docteur Helleberg est un enfer en matière d'organisation, mon ami, et sachez que nous faisons plus que compatir : nous vivons cet enfer tous les jours depuis quelques années. Alors, consolez-vous ; vous, vous n'en avez que pour une demi-heure. »

Sans nous laisser le temps de riposter, Jesper est dehors et court déjà afin de prendre place dans l'amphithéâtre.

Pendant que l'appariteur s'affaire et m'explique le fonctionnement des différentes commandes à distance des projections, je jette un œil sur la salle. J'avais oublié qu'il y avait eu autant de monde ! Je reconnais çà et là des collègues qu'il ne me semblait pas avoir repérés la première fois, il y a six mois... J'ose à peine me faire cette réflexion, tant l'invraisemblance de ma situation me laisse encore perplexe.

C'est le technicien qui est obligé de me tapoter l'épaule pour me sortir de ma rêverie, pointant du doigt, à mon intention, le bas de la salle...

J'entends alors le professeur Stone, président du congrès, prendre la parole :

« Nous prions maintenant le docteur Jan Helleberg de nous faire part des résultats des recherches de l'Institut d'immunologie de Copenhague, menées par son directeur, le professeur Sorensen, et son équipe, dont le docteur Jan Helleberg fait partie. »

Les applaudissements accompagnent ma descente des marches jusqu'au pupitre. Jesper est au deuxième rang ; même dans la pénombre, je le devine livide. Le président termine :

« Vous avez intitulé votre exposé : "Mises au point et avancées dans le traitement des infections à rétrovirus – Application au virus du sida." Nous vous écoutons, monsieur. »

Toute la salle est silencieuse, parce que les bruits de couloir, les indiscrétions ou les anticipations de la presse spécialisée ont déjà fait leur chemin. Tout le monde sait que ce qui va être dévoilé maintenant est d'une importance capitale. Ils attendent tous une révolution, et c'en est peut-être une.

Je saisis le micro et, avant de démarrer mon exposé, mon regard balaie les rangs des journalistes, tous prêts à enregistrer mon discours. Je te cherche, Lara, parce que je sais, pour l'avoir déjà vécu, que tu es là, parmi les autres. Mais je ne te trouve pas. Décidément, l'histoire reste l'histoire : je ne te rencontrerai pas avant le moment prévu...

Je fais un essai de voix satisfaisant. L'assemblée est attentive ; je peux commencer :

« Mesdames, messieurs, il n'est pas nécessaire aujourd'hui de faire partie d'une équipe scientifique pour connaître l'importance et l'impact de la recherche en virologie, notamment dans le domaine des nouveaux traitements pour lutter contre les infections virales. La presse d'information générale vous en parle régulièrement, parce que c'est un problème de société qui touche une frange chaque jour plus large de la population. »

La première image apparaît sur l'écran, et j'enchaîne :

« La notion d'infection virale évoque forcément pour nous tous, en premier lieu, celle du sida, et c'est bien compréhensible. C'est un fléau fortement médiatisé, et ce virus pose plusieurs problèmes qui le rendent préoccupant. Tout d'abord, son mode de contamination, sanguin ou sexuel, est difficilement contrôlable, malgré les efforts d'information et de prévention. Ensuite, il peut favoriser l'apparition d'infections secondaires entraînant la mort, et enfin son traitement est complexe. Il a ainsi toutes les raisons d'être la cible de beaucoup d'études, notamment celles qu'a menées notre institut, avec le professeur Sorensen à sa tête. »

Les quelques applaudissements me donnent le temps de changer de diapositive, et apparaît à l'écran un schéma simple du mode d'action d'un virus.

« Pour faciliter la tâche des journalistes présents, je me suis permis de vous faire un rapide rappel du mode d'action du virus lorsqu'il infecte un corps humain. J'ai pris l'exemple d'un rétrovirus, catégorie à laquelle appartient le virus HIV ou virus du sida. »

Un deuxième écran s'allume, à droite du précédent, sur lequel va être projeté un film vidéo. Les participants peuvent alors suivre la progression du virus grâce au film, tandis que sur l'écran de gauche les diapositives montrent successivement les points forts de chaque phase.

« Vous savez tous qu'un virus est un micro-organisme *parasite* : il ne peut pas vivre sans profiter d'une structure, d'une autre cellule. En effet, tout virus contient quelques protéines et une information génétique, le *génome*, que vous pouvez assimiler à un livre de recettes ou à un disque dur contenant des logiciels, si le rapprochement informatique vous aide. Cependant, le virus ne peut ni le lire, ni l'exploiter. Il a donc besoin d'infecter une cellule, notamment une cellule humaine, et d'utiliser son système de lecture, ses matières premières et sa chaîne de fabrication. C'est la seule façon pour lui de produire les éléments nécessaires à sa multiplication. »

Je ne remarque pas encore de manifestations d'agacement de la part des virologues confirmés, je peux donc poursuivre :

« Par une succession complexe de phases de synthèse, de nouveaux virus vont se former à l'intérieur de la cellule infectée. Ils vont bourgeonner à partir de la membrane de cette cellule et s'échapper dans le sang, comme vous le voyez sur ces dernières images. Ces nouveaux virus sont prêts à infecter d'autres cellules. Lorsque ce phénomène de multiplication virale s'amplifie, la cellule parasitée finit par être débordée et meurt.

« Dans le cas du sida, ce sont les cellules du système immunitaire qui sont envahies, puis détruites : c'est alors la porte ouverte à toutes les infections dans le corps humain qui ne peut plus se défendre. »

Je me retourne alors vers l'assistance et, d'une voix plus forte :

« Pour ceux qui ne s'en souvenaient plus, vous savez maintenant comment fonctionne la multiplication d'un virus, et pour ceux qui s'en souvenaient, le rappel est terminé, et je les prie de bien vouloir se réveiller. »

Les profanes soufflent et, à mon signal, le technicien met en place le deuxième rail de diapositives. Je peux reprendre l'exposé :

« Nous arrivons au vif du sujet : les traitements mis en œuvre pour lutter contre l'infection par le virus du sida. Voici, pour commencer, quelques images vous présentant ceux dont on dispose déjà, et qui sont largement utilisés actuellement. Ils procèdent tous du même principe : il s'agit de bloquer la multiplication, *la réplication* du virus dans la cellule à ces différents stades.

« Ce dont on est sûr, aujourd'hui, c'est de la nécessité de bloquer le plus tôt possible et de façon maximale, voire totale, cette réplication. Car on sait que l'évolution de la maladie dépend de la concentration de virus dans le sang : plus cette concentration est élevée, plus vite le patient évoluera vers le sida déclaré, et enfin le décès. »

Un journaliste manifcstcmcnt averti prend alors la parole :

« Docteur, les traitements que vous avez évoqués ne bloquent pas totalement cette réplication, on le sait ; le virus ne disparaît pas du corps humain malgré le traitement. Pouvez-vous l'expliquer ?

– C'est exact. Ceci pour deux raisons. D'abord

parce qu'apparaissent régulièrement des virus résistant à ces traitements. Par ailleurs, il existe des cellules dites "réservoir", qui abritent des virus au repos : l'absence de réplication les rend insensibles à la thérapie.

« Votre question me permet d'en arriver à la troisième et dernière partie de mon exposé : notre thérapie envisage de contourner ces deux obstacles. L'Institut de Copenhague, en association avec le Moore Institute de Chicago, a décidé d'exploiter les capacités mêmes d'un virus pour mieux se défendre contre lui. C'est le fondement de *la thérapie génique.* »

Murmures dans la salle. Jesper doit friser les mille battements cardiaques par minute. Je prends une inspiration avant de m'engager dans la dernière ligne droite :

« On sait que le virus est capable d'introduire son génome, son information génétique, dans celui de la cellule dont il exploite ensuite les structures. La thérapie génique utilise précisément ce phénomène pour introduire une information – un *gène* – déficitaire dans une cellule.

« C'est ce mécanisme que nos équipes, conjointement, ont étudié et exploité. Le principe consiste à trouver un virus qui, par une transformation, ne transmet aucune maladie grave à l'être humain. On introduit alors dans le génome de ce virus un gène capable de rendre muet ou illisible le génome du virus HIV, et que l'on pourrait appeler *"le gène du silence"*. Ce virus, inoffensif, aurait donc le rôle de transporteur du gène du silence.

« On l'injecte à un patient contaminé par le virus

HIV ; ce nouveau virus doit pouvoir reconnaître les cellules infectées par le HIV et pénétrer dans ces cellules. Il libère alors le gène du silence qui se lie au génome du HIV, et lui donne une configuration dans l'espace telle qu'il ne peut plus être lu. Il devient muet, et la réplication du virus est cette fois totalement bloquée. »

Les murmures se sont transformés en un brouhaha qui m'oblige à m'arrêter. Le professeur Stone doit intervenir pour que le bruit ne couvre pas ma voix. Je croise le regard de Jesper : il exulte.

« Ce traitement, s'il est mis au point, permettrait de contourner le problème de résistance de certaines souches de virus HIV aux médicaments ; d'atteindre les réservoirs où le virus dort sans s'exprimer, et enfin de rendre le traitement moins contraignant et peut-être moins coûteux.

« Les travaux sont découpés en trois phases : la première consiste à déterminer précisément la formule et la structure du gène du silence ; la deuxième s'attache à trouver le meilleur virus vecteur du gène du silence ; la troisième phase doit permettre à ce virus de reconnaître les cellules que le virus du sida infecte. »

J'éclaircis ma voix pour conclure, non sans partager la fierté de Jesper :

« Aujourd'hui, je suis en mesure de vous dire que les équipes conjointes du Moore Institute de Chicago et de l'Institut d'immunologie de Copenhague ont mis au point le gène du silence, et sont capables de le fabriquer. Les travaux concernant la deuxième phase sont en passe d'être achevés. Il s'agit assurément d'une grande victoire sur une maladie qu'on ne va peut-être plus considérer longtemps comme invincible. Je vous remercie de votre attention. »

Ce n'est qu'un seul mouvement : l'ensemble des personnes présentes dans l'immense salle se lève, dans un tonnerre d'applaudissements. Tout comme la première fois, je m'en souviens parfaitement. Pourtant, l'émotion est la même et, d'un pas ferme, je me dirige vers Jesper. Il est le seul à être resté assis, son sourire est figé, son bonheur indescriptible. Je me penche vers lui et lui souffle :

« Levez-vous, professeur Sorensen, cette ovation est la vôtre. »

Ses jambes doivent trembler, et il est obligé de m'agripper le bras pour se redresser et se tourner vers ce parterre de confrères et de journalistes qui honorent quinze ans de travail acharné. L'ovation est interminable, et le professeur Stone prend le micro pour inviter l'assistance à se rendre dans la salle voisine où a lieu le cocktail de clôture.

J'ai abandonné Jesper au milieu d'un magma de personnalités ; il a droit à son lot de compliments, et je ne laisserai personne l'empêcher de s'en délecter. Je n'ai cependant pas le loisir de m'en préoccuper bien longtemps ; une voix tonitruante, une voix familière, au timbre jovial, m'arrache à mon observation :

« Quel panache ! Quelle éloquence ! Mais laissez-moi donc approcher la star incontestée de cette manifestation... »

Jonathan fend la foule dans ma direction. Son sourire enjôleur subjugue les obstacles de sexe féminin qu'il rencontre sur son chemin. Mais son sourire n'est pas son seul atout. Son nez droit, ses cheveux noirs, épais, coupés très court, le hâle de son visage qui fait ressortir son regard bleu et malicieux, sa silhouette élancée et ses vêtements toujours élégants viennent compléter un tableau qui prête à confusion : on croirait Jonathan Mattews sorti d'une revue de mode plutôt que d'un laboratoire scientifique. Pourtant, il dirige le département de virologie du Moore Institute, à Chicago. Et avec ses collaborateurs, il est à l'origine de tous les travaux conduisant à l'élaboration du gène du silence. La détermination exacte des composants de ce gène, c'est lui. L'intégration du gène dans le génome de la cellule infectée, c'est encore lui.

Mon équipe n'est intervenue dans cette première phase que pour indiquer la structure du virus infectant et son génome ; à vrai dire, l'activité de l'Institut de Copenhague ne sera prépondérante que dans les deux phases suivantes du projet.

Bien qu'armé d'un extraordinaire sens du contact humain, Jonathan s'est toujours montré réticent à s'exprimer devant une assemblée importante, et, s'il n'avait pas opposé un refus catégorique à une demande collégiale pourtant insistante, il aurait sans aucun doute pris ma place devant le micro, aujourd'hui.

Un plateau circule et je saisis au vol une coupe de champagne que je lui tends.

« Jan, il aurait tout de même été de bon ton que tu te préoccupes de ma notoriété en citant de façon appuyée ton serviteur... Regarde ton patron : il est à deux doigts d'étouffer, lui, sous la pression des journalistes. Peut-être qu'en le lui demandant gentiment, il pourra m'en céder un ou deux...

– Ça ne sera pas nécessaire. »

Derrière nous, Jesper se met à rire, accompagné d'une jeune femme.

« Jonathan, voici la chance de ta vie. Messieurs, laissez-moi vous présenter Mlle Lara Radford, journaliste au très sérieux *American Periodical of Immunology*. Mademoiselle, le très bientôt illustrissime docteur Jonathan Mattews, du Moore Institute.

– Jesper, me voilà comblé par vos prémonitions. » Et, se tournant vers la jeune femme : « Mademoiselle, ma reconnaissance publique est entre vos mains. Je suis ravi de faire votre connaissance... »

N'importe qui serait ravi de faire la connaissance de cette jeune femme. Elle a trente ans, mais son visage est celui d'une petite fille, avec de grands yeux verts pénétrants, une multitude de taches de rousseur, un petit nez retroussé, des lèvres généreuses. Son visage est une ogive parfaite mise en valeur par de longs cheveux bruns aux reflets roux tirés en arrière en une queue-de-cheval volumineuse. Elle est habillée simplement, contrairement à ses consœurs très apprêtées pour l'événement. Un pantalon droit en flanelle, un pull-over beige ras du cou et des mocassins noirs plats mettent en valeur ses formes généreuses que sa grande taille autorise. Elle est sublime. Et elle est à moi, bientôt, tout à mon amour. Ça, je suis sûr de m'en souvenir.

Elle me tire de ma contemplation en s'adressant à Jonathan :

« Docteur Mattews, en ce qui concerne la couverture de mon journal, une cellule cancéreuse en pleine division est déjà pressentie comme top model, et j'ai peur de ne pas pouvoir faire grand-chose pour soutenir votre candidature. En revanche, j'ai une amie qui travaille pour *Vogue International*... Je me permets de préciser qu'elle est célibataire, ravissante et qu'elle se fera sans doute une joie de répondre positivement à votre proposition.

– Mademoiselle, reprend Jesper, si vous étiez présente lors de la conférence de clôture, je n'ai pas besoin de vous présenter le docteur Jan Helleberg.

– Docteur, j'y ai assisté et je tiens à vous dire, au nom de mes collègues, combien il est agréable de comprendre l'ensemble d'un discours scientifique mis à la portée de tous. Mais je dois surtout vous féliciter pour les résultats de vos travaux. Quelle révolution, en effet ! »

Elle enchaîne aussitôt, sans me laisser le temps de la remercier :

« Docteur Helleberg, je serais très heureuse de pouvoir discuter avec vous de l'avancement de vos études, notamment en ce qui concerne les deuxième et troisième phases que vous avez évoquées. Pensez-vous que ce soit envisageable ?

– Je quitte Paris demain matin, hélas, parce que, précisément, l'institut m'attend. En revanche, je suis tout à fait prêt à vous accueillir à Copenhague, si votre journal vous autorise à faire le déplacement.

– C'est très aimable à vous. J'en parlerai à mon rédacteur en chef. Si vous le voulez bien, je garde votre proposition dans un petit tiroir...

– Avec plaisir. »

Et, comme je lui serre la main, elle ajoute à l'intention de Jonathan : « C'est promis, docteur, je vous fais parvenir les coordonnées de mon amie journaliste. La gloire n'attend pas... »

2

Lara avait marqué un silence, songeuse, en inspirant fortement sur sa cigarette. Bridget reprit :

« L'occasion s'est-elle présentée ? Avez-vous rencontré le docteur Helleberg au congrès ?

– Oui, à la fin de la conférence. Tout le monde était sous le choc de sa communication, et de ce qu'elle révélait. Jan était connu pour savoir jouer de la forme – clarté dans l'exposé, simplicité des termes, exactitude des mots – et la mettre au service d'un fond toujours consistant. Ses confrères le respectaient pour ces deux qualités, et nous aussi. Cette fois, il s'était surpassé : les révélations étaient d'une importance capitale.

– Vous parlez du résultat de ses recherches ? Était-ce si bouleversant sur le plan scientifique ?

– Les principes sur lesquels se fondaient leurs travaux n'étaient pas une innovation. La thérapie génique, qui consiste à utiliser un virus pour introduire une information dans une cellule, était depuis un certain temps le centre d'intérêt de plusieurs équipes. C'est l'idée de l'exploiter pour le traitement contre le sida qui était plus originale. Mais la vraie révélation, le véritable tour de force, consistait à trouver, puis à faire pénétrer, par cette technique, le fameux gène du silence, ce gène susceptible de rendre inoffensif le virus dans la cellule infectée. Beaucoup de laboratoires s'étaient lancés sur cette piste sans forcément progresser. Croyez-moi, aucun des laboratoires dont les chercheurs étaient présents – et presque tous s'y trouvaient – n'avait approché, même de très loin, le résultat obtenu par le couple américano-danois.

– Vous parlez d'instituts publics étrangers, équivalents au Moore Institute et à l'Institut de Copenhague ?

– Bien sûr, mais ce ne sont pas les concurrents les plus redoutables. Les vraies structures susceptibles d'entrer en compétition étaient et sont les laboratoires pharmaceutiques privés. Deux bonnes raisons à cela : la première est que, dans un domaine où une découverte a des chances d'avoir des conséquences importantes sur l'élaboration d'un nouveau traitement, ils ont tout intérêt à être présents ; ensuite, ce sont les seuls à pouvoir mobiliser les capitaux que de telles recherches nécessitent. »

Bridget prit quelques notes et leva les yeux vers Lara.

« Revenons à votre rencontre, si vous le voulez bien.

– Jesper Sorensen s'est proposé d'être l'entremetteur, reprit Lara avec un sourire embarrassé. Enfin, disons qu'après une courte interview de politesse, je lui ai glissé que l'intervention du docteur Helleberg serait la bienvenue pour compléter mon article. Vous savez bien que tous les artifices sont bons pour obtenir un papier, n'est-ce pas ? »

Bridget ne répondit pas.

« J'ai pris mon courage à deux mains et je lui ai proposé un entretien, mais je n'ai obtenu qu'une réponse courtoise et assez évasive. Il me proposait de venir à Copenhague pour m'entretenir avec lui de ses travaux, visiter l'institut... Ce qui, en soi, était sans doute intéressant, mais aucune date n'était fixée. Or une invitation sans rendez-vous ferme n'a aucune valeur dans notre profession, je ne vous apprends rien.

– Peut-être désirait-il maintenir un certain flou autour de ses recherches ? L'enjeu économique dont vous m'avez parlé suscitait une convoitise qui exigeait de la prudence, sinon de la méfiance, de sa part...

– Sans doute... Quoi qu'il en soit, son emploi du temps était si chargé qu'il lui aurait été impossible de me recevoir avant son départ pour Copenhague, prévu le lendemain. »

Je crois vraiment que ce qui m'est le plus pénible dans ces congrès, c'est le voyage. Neuf heures pour faire Paris-Copenhague, via Francfort... Jesper, déjà éprouvé par les émotions du congrès, n'a pas dû beaucoup apprécier les quatre heures d'attente en Allemagne. Amorphe, il ronfle sur le siège passager. Nous arrivons devant chez lui.

« Merci, Jan. J'ai bien l'impression de ne pas avoir

été le compagnon de voyage idéal, mais je suis épuisé. Encore un congrès comme celui-ci et je prends une retraite anticipée. Bonne nuit, à demain.

– A demain, Jesper. »

Dieu merci, il n'habite qu'à quelques rues de chez moi. Il est 21 heures, et les rues de Klampenborg sont désertes. Je me gare devant le 54 Dyrelhavevej, je sors ma valise du coffre et reste quelques instants sur le trottoir, à contempler ma maison. Que je n'aurais pas dû revoir sans ce retour surnaturel. Je détaille amoureusement la façade de petites briques rouille, les haies de conifères taillés court, le jardin paysager que tant de couleurs égaient en cette saison, et les tuiles brunes vernies du toit qui distinguent la maison de celles, plus classiques, du reste de la rue.

Je chasse cet excès de sentimentalisme en cherchant les clefs de la porte d'entrée. De toute façon, pas d'illusions, ma petite bicoque, tu n'as droit qu'à six mois de sursis avant de te retrouver sur un testament, alors profite bien de moi.

J'ouvre et constate avec plaisir que Mme Stevensen a laissé le chauffage fonctionner avant de partir. Elle est trop attentionnée pour ne pas tout prévoir : je me dirige vers la cuisine et je trouve mon couvert dressé sur la table, et une marmite débordante de fricadelles que je réchauffe avant d'aller me faire couler un bain chaud.

Je me déshabille en passant par le salon. C'est une vaste pièce rectangulaire dont le plus grand mur est occupé par une baie vitrée donnant sur le jardin ; son mobilier, contemporain et dépouillé, et la tapisserie blanc cassé la font paraître encore plus spacieuse. D'un mouvement automatique, je déclenche l'écoute des messages sur le répondeur. Depuis la cuisine, j'entends la voix tonitruante de Mme Stevensen, sans distinguer clairement les mots. Le message suivant suspend le mouvement de ma fourchette :

« *Bonjour, Jan. Je suis à Copenhague pour quelques jours. Je suppose que tu es à Paris... Si tu n'es pas submergé de travail à ton retour, téléphone-moi, le numéro n'a pas changé... Moins que moi, hélas !... Sinon, j'essaierai de te joindre à l'institut. Je serais très heureuse de te revoir.* »

Elle n'a pas besoin de laisser son nom. Parce qu'elle sait que je ne l'oublie pas, pas plus que son numéro de téléphone. Et que je reconnaîtrais sa voix entre mille.

Voici deux ans que Kirsten et moi avons divorcé et, pendant ces deux ans, nous ne nous sommes presque pas donné signe de vie. Elle était aussi prise que moi par son activité. Chercheur, elle aussi. Et, à force de chercher, nous nous sommes perdus l'un l'autre.

Je ne l'ai pas oubliée, et pourtant je ne me souvenais plus de ce message, de nos retrouvailles. J'ai bien essayé, pendant le voyage, de me remémorer les épisodes qui vont jalonner les mois à venir, mais beaucoup de choses m'ont paru floues, enfouies dans un coin de ma mémoire. L'amnésie protectrice, bien sûr...

Je m'allonge sur le canapé, songeur. Revoir Kirsten, oui. Ça y est, je crois me souvenir de tout cela.

Je vais la rencontrer, la retrouver. Il le faut bien,

puisque ça s'est produit, la première fois... J'en souris de plaisir. Viens, ma chérie. Tu verras, je serai très sage, je serai celui que tu as cherché à revoir après le congrès. Mais je chercherai, moi, à savoir pourquoi tu tiens tant à le faire. Parce que s'il est une personne sur laquelle j'ai pu avoir des doutes, même avant ma mort, c'est bien toi.

Je vais l'appeler demain. Je sais qu'elle va accepter de dîner avec moi, je sais presque tout ce qui va se dérouler. Mais l'essentiel, ce qui m'a échappé la première fois, je ne vais pas tarder à le découvrir. Et elle va m'aider, qu'elle le veuille ou non.

Je me laisse glisser dans la baignoire, immédiatement délassé par la chaleur et la perspective d'un premier voile à faire tomber.

Je suis prêt, Kirsten.

J'arrive au parking de l'institut, l'esprit encore engourdi par un sommeil sans doute insuffisant, retardé par mille pensées concernant la journée qui m'attend. J'ai passé, il est vrai, le plus clair de ma nuit à tenter d'élaborer la tactique que j'allais adopter vis-à-vis de Kirsten, tout en essayant de reconstituer, mais en vain, mon lendemain...

La voiture de Jesper est déjà là ; il n'est pas homme à s'attarder à une simple étape, aussi glorieuse soit-elle, et je ne serais pas surpris de le trouver déjà plongé dans un travail dont il a dû s'extraire à peine quelques minutes avant de prendre l'avion pour Paris – et encore, à contrecœur. C'est cette rage qui fait de lui le moteur de toute l'équipe.

J'avoue avoir moins d'entrain que lui, ce matin.

Il faut dire que la façade gris sombre de l'institut se fond dans le ciel chargé et orageux. Les locaux occupent une bâtisse imposante du siècle dernier, en pierres de taille salies par la pollution et les intempéries. La construction, probablement belle à ses débuts, n'a pas résisté aux restrictions budgétaires dont ont souffert tous les bâtiments rattachés aux organismes publics. En revanche, l'intérieur a bénéficié d'un entretien régulier et d'aménagements techniques imposés par la nature et l'importance des travaux qui y sont réalisés ; on n'a, à cet égard, lésiné sur rien.

Je traverse le grand hall encadré de quatre colonnes en pierre gigantesques jusqu'au comptoir d'accueil ultramoderne se mariant avec bonheur au style d'origine. J'emprunte les escaliers qui mènent à mon bureau, au premier étage. Helena m'y attend avec un sourire (coloré d'au moins un demi-bâton de rouge à lèvres) et une horrible pile de courrier.

« Bonjour, docteur. Je ne vous demande pas si le congrès s'est bien déroulé, nous en avons tous eu des échos dithyrambiques. » Je n'ai pas le temps de la remercier ; elle ajoute sur un ton sec qui ne me surprend plus : « J'espère que le divertissement vous aura suffisamment reposé pour que vous affrontiez enfin le courrier que je m'efforce pourtant de préparer dans les meilleurs délais, cher docteur. »

Sans lever les yeux, je sens sur moi le regard despotique qui accompagne généralement les sarcasmes de ma secrétaire. Je ne prends pas la peine de répliquer : je sais qu'elle se sera levée dans un grand mouvement de jambes pour disparaître avant que j'aie pu ouvrir la bouche. Pour le deviner, inutile d'être un revenant : c'est le même scénario depuis quatre ans. Elle est sans doute une des rares personnes sur lesquelles je ne me sois pas trompé avant de mourir. Helena est d'une transparence totale. Encore jolie femme, elle est hélas aussi aimable qu'un geôlier turc ; elle a le mot incisif et aigre, le reproche immédiat, la réplique sans appel, et elle est bien sûr d'une efficacité redoutable : tout pour faire d'elle la parfaite vieille fille, amère et attachante.

Lorsque sa présence parfumée s'estompe, je saisis la pochette débordante de lettres qu'elle a eu la bonté de décacheter.

Un fax à l'en-tête du Moore Institute surmonte la pile :

« Miss Radford s'est moquée de moi : je ne ferai pas la couverture de *Vogue*... Mais pour le reste, elle n'avait pas menti : l'entrevue était plus qu'agréable. J'adore les congrès...

Jonathan. »

Quand je pense que sans ce cinglé, le gène du silence n'existerait pas ! En déchirant la feuille, je vois voler un petit papillon autocollant. C'est l'écriture d'Helena :

« Madame Kirsten Helleberg
39 61 01 09 à rappeler. »

Je grimace en pressant sur le bouton de l'interphone.

« Oui, docteur ?

– Helena, quand Mme... Helleberg a-t-elle téléphoné ?

– Votre épouse... pardon, votre ex-épouse a tenté de vous joindre ce matin. » Je serre les dents : je ressens malgré tout une envie de meurtre que je réfrène en songeant qu'il me reste six mois pour l'étrangler. « Elle demande que vous la rappeliez.

– Très bien, merci.

– Je vous en prie.

– Helena ?

– ...

– Olsen, elle s'appelle Olsen.

– Oui, mais n'importe quelle femme digne de ce nom sentirait, à travers vos mots, qu'elle a encore le droit d'emprunter votre patronyme, docteur. Le sixième sens... J'adorerais me tromper, cependant.

– Je vois, Helena. Je reconnais bien là votre sensibilité. »

Je préfère couper. Je décroche à nouveau le combiné, et je me rends compte que ma main tremble légèrement en composant le numéro. Je ne sais pas si le fait de revoir Kirsten m'émeut autant que la perspective de la découvrir peut-être sous son vrai jour.

« Oui, Kirsten Olsen à l'appareil. »

Tiens, son nom de jeune fille. Et Helleberg pour les grandes occasions... ou les requêtes auprès de celui qui porte toujours le nom.

« Bonjour, Kirsten. C'est Jan... Jan Helleberg.

– Je t'ai reconnu, figure-toi : il n'y a pas eu tant de Jan dans ma vie. »

Eh bien, il va y en avoir un de plus, parce que je ne suis plus tout à fait celui que tu crois retrouver.

« Ton message m'a très agréablement surpris. Que me vaut le plaisir d'avoir de tes nouvelles ? Je te croyais établie aux États-Unis.

– Je m'épuise en allers-retours, dans un but professionnel, bien sûr. C'est un peu compliqué...

– En deux ans, bien des choses ont dû changer... Que dirais-tu d'en discuter ce soir en dînant ensemble ?

– Ce soir ? C'est que je ne suis pas sûre d'être libre... »

Oui, bien sûr, fais semblant d'hésiter. En attendant que tu acceptes, je saisis mon agenda. Je vais te surprendre, Kirsten, parce que je sais même ce que tu vas proposer. Allez, dis-le vite avant moi. Un petit...

« Mais pour un petit restaurant chinois avec toi, j'annulerais n'importe quel rendez-vous. »

Voilà, j'allais le dire.

« Parfait. Je passe te prendre ce soir à 20 heures.

– Je m'en réjouis. A tout à l'heure. »

J'ai à peine le temps de raccrocher et de mettre ma blouse que le téléphone sonne à nouveau. L'écran digital indique le poste de Max.

« Oui, mon bon Max, que puis-je pour le Bill Gates national ?

– Ce que tu peux éventuellement faire, maintenant que tu as fini de jouer les starlettes parisiennes, c'est commencer la saisie des résultats concernant le génome de Sigma, mon ami. Au fait, félicitations, j'ai cru comprendre que tu en avais scié plus d'un, là-bas.

– Grâce à toi. Tes reconstructions, par ordinateur, des images virales ont fait un tabac...

– Je n'en dirai pas autant de la deuxième phase des recherches si je n'ai pas au plus vite dans mes bécanes le fruit de ton travail, Jan.

– Ne t'inquiète pas, je m'y mets cet après-midi.

– Si tu y avais consacré autant d'après-midi que celles que tu m'as promises, je serais déjà en vacances à l'heure qu'il est.

– Tu as raison, mais le congrès a été très envahissant... Écoute, je ne vais pas rester à l'institut, sinon je serai sollicité en permanence. Je rentre tout de suite chez moi pour démarrer cette saisie, et tu auras matière à travailler dès demain.

– De ce côté-là, ne te fais aucun souci, je ne suis pas désœuvré... Bon, si tu te décides à rentrer des données dans l'ordinateur aujourd'hui, n'oublie pas de te connecter sur le Net et de lancer ton serveur à minuit, pour que Max vienne piocher dans ton disque dur cette nuit.

– A minuit ? Tu as vraiment l'intention de le faire à minuit ? Soit. Bonne soirée, Max. »

Il est 20 heures, elle est prête, elle m'attend. Je me souvenais même de la robe qu'elle allait porter... En revanche, je ne me rappelais pas l'avoir trouvée aussi belle, ni son regard si profond, ses mouvements si sensuels... Imbécile, tu retombes dans le panneau ! Rappelle-toi : les mêmes gestes, les mêmes attitudes... mais un autre état d'esprit. C'est en *surface* que rien ne peut changer.

Oui, c'est cela, la surface : lui serrer le bras en l'embrassant tendrement sur la joue, l'accompagner jusqu'à la voiture, rire avec elle du fait que non, effectivement, je n'ai plus ma vieille guimbarde, oui, le succès, ça améliore le standing.

L'emmener, bien sûr, au restaurant chinois qu'elle préfère. Les murs sont tendus de velours rouge sur lequel sont accrochées les inévitables scènes de vie chinoise tirées à des milliers d'exemplaires et sans doute cédées gracieusement : elles semblent orner tous les restaurants asiatiques du monde. Au centre de la grande salle déjà enfumée, un immense aquarium permet à trois poissons exotiques obèses de nous observer, tandis que Kirsten se dirige machinalement vers une table pour deux personnes. Celle du fond, là où la lumière filtrée donne envie de parler doucement de choses intimes.

Oublie la lumière, inspecteur Helleberg. Conserve la douceur... et pose les vraies questions.

« On parle un peu trop de moi, Kirsten. Et puis ce congrès, je l'avoue, devient un sujet de conversation qui vire à l'obsessionnel.

– Mon cher, c'est la rançon de la gloire. N'oublie pas que, sans avoir ton gabarit, je suis aussi chercheur en immunologie... Comment passer une soirée avec le grand Jan Helleberg sans lui demander de parler de ses fascinants travaux ?

– En me parlant plutôt de tes objectifs professionnels, de ta vie, par exemple...

– Jan, sois gentil, ne te fais pas prier. »

Elle saisit ma main et la serre assez pour marquer son insistance et créer ce petit contact physique qu'elle recherche depuis le début de la soirée.

Les cartes qu'elle est prête à abattre sont claires. Par ailleurs, il est illusoire de penser que je vais pouvoir lui cacher ce que je lui ai révélé innocemment la première fois. J'ai l'impression d'avoir un petit esprit malin derrière l'oreille, qui me rappelle régulièrement les règles du jeu : *« N'imagine pas un instant que tu puisses, par ton retour, influer sur l'histoire ; à partir du moment où elle implique une autre personne que toi, rien ne peut changer, rien d'autre que ta pensée... Ne touche pas à la partie visible de l'iceberg, docteur, n'y touche pas... »* Je ronge mon frein.

« Soit, mais si tu lis les revues scientifiques du moment, je ne vais rien t'apprendre.

– C'est bien pour cela que je veux que tu m'en parles, pour que tu me racontes ce que l'on ne peut pas dire à un journaliste ! Où en es-tu réellement dans tes travaux ? Penses-tu pouvoir finir ce que tu as annoncé au congrès ? »

Nous y voilà... C'est bien cela qui t'intéresse, et que je vais si facilement te livrer au cours de notre discussion. Soit, je n'ai pas le choix, de toute façon. Tu dois quand même avoir peur d'éveiller ma méfiance, car tu ajoutes, avec une mimique mutine :

« Tu vois, je n'ai pas changé, j'adore les petites indiscrétions, les cancans... Juste pour le plaisir ! »

Et tu me regardes, fébrilement ; tu es impatiente, ma chérie. Si je ne peux pas limiter les informations que je vais te donner, accorde-moi au moins le plaisir de te faire languir.

« Nous sommes maintenant dans la deuxième phase des recherches, celle de la détermination précise du virus-vecteur qui va acheminer le gène du silence dans les cellules infectées par le HIV. »

Elle me coupe, sur un ton cette fois très professionnel. Je suppose qu'elle vient d'enclencher son système d'enregistrement, elle ne doit rien perdre de ce que je dis.

« Mais vous n'avez pas la structure nécessaire pour assurer le versant génétique de vos recherches. Je suppose que c'est le rôle de votre partenaire américain. Comment s'appelle-t-il, déjà ? »

J'enrage, je voudrais me mettre du Scotch sur la bouche. Maudite destinée... Pourquoi n'est-ce pas la première fois que je vis cela, histoire de pouvoir mentir à ma guise ? ! La mort dans l'âme, je lui réponds :

« Le Moore Institute, de Chicago. Je travaille étroitement avec Jonathan Mattews ; tu te souviens peut-être de lui...

– Vaguement. »

Elle marque une pause, ce qui me permet de changer de sujet de conversation ; j'ai l'impression de parler sous la menace d'un pistolet que la Vie braquerait contre ma tempe. J'enchaîne immédiatement :

« Et que devient le chercheur prometteur que tu étais ? »

Elle hésite une fraction de seconde, chose que je n'avais pas remarquée, sans doute, la première fois.

« Je travaille pour un laboratoire américain plutôt axé sur la parapharmacie, la cosmétologie. Le chercheur prometteur ne promet plus que des produits de maquillage hypoallergéniques, ou essaie de coller une étiquette scientifique à une crème censée ralentir l'apparition des rides... Je fais exactement ce qu'un homme comme toi, éminente figure d'un institut très sérieux, regarde d'un œil amusé en jurant de ne jamais tomber aussi bas. » Elle lève le regard pour ajouter d'un air moqueur : « Mais je gagne sans doute assez d'argent pour me consoler et me dire qu'en revanche, sur le plan financier, je ne tomberai sans doute jamais aussi bas que dans un institut sérieux. »

Elle rit et me prend la main. Elle estime sûrement l'avoir abandonnée trop longtemps pour pouvoir passer à la suite des événements :

« Et si nous allions boire un dernier verre ? Tu auras le droit de ne prendre qu'un jus de fruits ou une tisane, c'est promis, je ne te soûlerai pas, mais, par pitié, quittons ce restaurant ! »

Elle a obtenu ce qu'elle désirait, ce premier soir, mais elle ne va pas s'en tenir là, c'est évident. Sinon, elle ne serait pas dans mes bras, maintenant, profondément endormie, pendant que je prends conscience, cette fois, que sa conduite est intéressée ! Cependant, la déformation policière est vite pesante : elle dort paisiblement, tandis que moi, insomniaque, je me demande ce qui m'a échappé dans ce qu'elle s'apprête à (re)faire les jours à venir, et qui va lui permettre de récolter d'autres informations sur nos travaux. Parce que, manifestement, c'est ce qu'elle cherche, et dont je ne m'étais pas rendu compte. Vigilance, vigilance... Elle me fatigue déjà, la vigilance. Je regarde ma montre : 23 h 55. La nuit est encore longue... Bon sang, Max ! Je me glisse hors du lit et me précipite dans mon bureau pour allumer mon ordinateur. Il me reste quelques minutes pour établir la connexion avec le réseau et permettre ainsi à Max d'accéder au répertoire de fichiers que je me suis évertué à enregistrer cet après-midi. J'ai évité de justesse l'explosion nucléaire de Max demain matin... Au même moment, une main se pose sur mon épaule et me fait sursauter.

« Même en pleine nuit, tu n'arrives pas à être détendu, mon chéri ! C'est un bonheur... Est-ce que je peux savoir ce que tu fabriques ? Une folle envie de faire une partie d'échecs sur Internet, à minuit ?

– Presque, mais mon partenaire a trop de travail. »

Court silence, et je n'ai pas d'autre choix, alors qu'elle a les yeux rivés sur l'écran, plus fraîche et plus attentive que jamais, que de poursuivre.

« Je transmets à l'institut le fruit d'une passionnante saisie informatique effectuée cet après-midi par les dix petits doigts que tu vois s'agiter. Voilà, l'institut va se servir », et j'ajoute en me retournant pour l'enlacer : « On a même le droit de réintégrer le lit, mon amour... »

Je l'entraîne vers la chambre, alors qu'elle jette un dernier regard vers l'écran.

« Une toute petite formalité, et je te rejoins », me souffle-t-elle en pointant du doigt les toilettes.

Elle glisse comme un serpent d'entre mes bras et disparaît. Le réflexe de l'enquêteur commence à germer : je m'approche de son sac à main. Avant de le prendre, je regarde autour de moi : ça, je peux le faire, tout de même ? C'est nouveau dans le scénario, mais on est bien d'accord, ça ne modifie en rien la surface des événements ? J'attends un instant. Pas de foudre punitive sortant du plafond, pas de mauvais génie furieux prenant forme à partir du carrelage... Je jette un œil en direction des toilettes, et j'ouvre précipitamment le sac. Maquillage, clefs, téléphone portable, un portefeuille. J'ai le cœur qui bat si fort que j'ai l'impression que ce sont les pas de Kirsten qui résonnent. Une carte d'identité danoise, des cartes de crédit, la photo d'un homme que je ne connais pas ; et une carte professionnelle :

« *Stevens and Holmes Enterprises*
Département cosmétologie
Kirsten Helleberg Olsen
Attachée de recherche. »

Elle revient à pas de loup vers le lit où je suis allongé et se blottit contre moi, prête à s'endormir.

J'ai les yeux rivés vers le plafond, perplexe. Elle ne m'a pas menti. Comment interpréter son comportement ? Ne suis-je pas en train de donner dans le vice incontournable du policier amateur, celui qui consiste à chercher absolument la faille, l'élément qui jure dans un ensemble harmonieux ? Kirsten a-t-elle réellement quelque chose à voir avec ma mort ?

3

« Quand avez-vous pu rencontrer le docteur Helleberg à Copenhague ?

– En novembre seulement. »

Bridget sembla perturbée et interrompit un instant l'enregistrement.

« Lara, quelque chose m'échappe. Vous m'avez dit n'avoir fixé aucun rendez-vous précis avec Jan, qui désirait peut-être rester discret sur les travaux en cours. Je suppose, par conséquent, que vous avez repris contact avec lui, un peu plus tard, pour convenir de la date de votre séjour au Danemark. »

Lara parut elle-même prise d'un doute. Tout à sa reconstitution chronologique, elle interrompit d'un signe de la main Bridget qui s'apprêtait à intervenir.

« Vous avez raison, Bridget. En réalité, j'ai revu Jan avant de me rendre à Copenhague. C'est d'ailleurs à cette occasion que nous avons reparlé de l'entretien qu'il m'avait promis.

– Vous souvenez-vous des circonstances de votre rencontre ?

– Parfaitement. C'était à Chicago, à la fin du mois de septembre, et presque par hasard... »

Je suis au service informatique de l'institut quand mon télétraceur se met à sonner.

« Excuse-moi, Max, Miss Monde tente de me localiser, je crois. Je peux téléphoner de ce poste ?

– Installe-toi plutôt dans mon bureau, tu seras plus au calme. Il faut bien ça pour supporter ton cerbère. »

Je compose le numéro du secrétariat.

« Oui, Helena, que puis-je pour vous ?

– Rien pour moi, hélas. En revanche, vous serez sans doute très utile au docteur Mattews, qui appelle pour la troisième fois. Et vos pérégrinations incessantes ne me facilitent pas la tâche.

– Je suis au quatrième étage, chez Max... poste 2112.

– Au risque de vous surprendre, docteur, je sais encore lire sur un écran téléphonique. Je vous le passe. Pourtant, ce n'est pas l'envie qui me manque de laisser cet homme en attente quelques heures supplémentaires... »

Je souris : on sent à des kilomètres que Jonathan n'a pas dû y aller de main morte.

« Merci, Helena. »

Un court silence, puis :

« Jan ?

– Oui, méchant confrère, je t'écoute.

– Jan, avant tout, fais-moi plaisir. S'il te reste quelques souches de virus très résistantes après tes expérimentations, jure-moi de les injecter à l'hystérique qui te tient lieu de secrétaire.

– Les cultures de virus sont déjà en cours, toutes les personnes du service m'en ont commandé pour son anniversaire, ne t'inquiète pas. Cela dit, vu son état, tu n'as pas dû l'épargner...

– A ma troisième tentative pour te joindre, c'est vrai, je me suis un peu énervé. Mais je t'appelle pour un motif très sérieux, Jan. Tu sais qu'au Moore Institute nous nous réunissons toutes les semaines pour faire le point sur l'état d'avancement des travaux et soumettre aux intervenants des différents services les problèmes rencontrés, qu'ils soient d'ordre scientifique ou administratif.

– Et tu estimes que ces réunions démarrent trop tôt le matin, raison pour laquelle tu as rédigé une pétition, et tu recueilles les signatures des amis qui te soutiennent. Tu peux compter sur moi.

– C'est surtout Wallenberg qui compte sur toi.

– Ah, lui non plus n'est pas d'accord pour les horaires ?

– C'est plutôt toi qui ne vas pas être d'accord, mais je ne crois pas que tu aies le choix : mon patron est en train de convaincre le tien de vous faire participer à la prochaine réunion.

– Quoi ? Mais où veut-il l'organiser ? Et pour quelle raison ? Jonathan, nous sommes en plein rêve, non ? Wallenberg n'a jamais été un grand partisan de notre partenariat, et Jesper a usé de toutes les ruses et de tous les arguments pour que nous travaillions main dans la main. Et la plupart du temps, Wallenberg tend péniblement un petit doigt plutôt qu'une main. Pour qu'il réclame une réunion commune au sommet, il faut au moins qu'il ait eu vent d'une Troisième Guerre mondiale en préparation...

– On ne doit pas être très loin de cela. Il était particulièrement agité hier, et il nous a interdit toute déclaration publique ou tout commentaire sur nos recherches jusqu'à la tenue du conseil de guerre prévu pour la semaine prochaine.

– Il ne vous a rien dit de plus ?

– Tu le connais, quand il est inquiet, les phrases sont sibyllines, le ton sec et le contenu sans appel. On ne lui soutirera rien jusqu'à la semaine prochaine, je n'ai aucune illusion à ce sujet ; nous aurons droit en permanence à son regard méfiant en coin avec des airs à la James Bond en prime... Enfin, avec quelques martinis en plus et la classe en moins.

– Je présume que ton patron n'a pas une furieuse envie de visiter la plaine danoise à la fin du mois de septembre ?

– Probablement pas. Vos billets pour Chicago sont déjà réservés, Rosina s'en est chargée. Vous êtes attendus, Jesper et toi, mardi prochain, à l'institut, 128, Farber Avenue, à 15 heures précises, dans la salle de conférences au deuxième étage. Première porte à droite en haut des escaliers. J'espère que tu as bien noté, je n'ai pas l'intention de répéter.

– Oui, mon capitaine. Dites au chauffeur de l'institut qu'il gare la limousine à proximité de l'arrivée des vols internationaux, nous y ferons porter nos malles.

– C'est comme si c'était fait. A mardi, Jan. »

Une voix forte domine le brouhaha de l'aéroport, juste derrière moi :

« La limousine de Monsieur est avancée. Si Monsieur veut bien se donner la peine... »

Jonathan me tend une main amicale tout en m'entraînant hors de la foule jusqu'à sa voiture garée sur un emplacement de police.

« C'était le seul endroit proche du hall d'arrivée, et tu semblais y tenir. C'était tout à fait nécessaire, en l'occurrence, ajoute-t-il en souriant et en jetant un regard à mon petit sac de cabine. J'aurais été peiné de te voir courber l'échine sous le poids d'un tel bagage.

– J'espère bien ne pas avoir besoin de plus d'affaires que cela, mon vieux. Chicago est sans doute une ville fascinante, mais j'ai d'autres priorités que le tourisme, actuellement.

– Et j'ai bien l'impression qu'on ne va pas nous annoncer un bonus de vacances à l'occasion de cette réunion, crois-moi. »

Il est onze heures et demie et les artères sont très encombrées ; j'en profite pour tenter d'élucider le mystère qui enveloppe cette réunion :

« Jonathan, tu n'as pas donné signe de vie depuis ton coup de fil, la semaine dernière. As-tu réussi à en savoir un peu plus sur cette réunion ? Jesper s'est défilé à chaque fois que j'ai tenté de le questionner. Tout cela devient ridicule.

– Je ne t'ai pas appelé pour la bonne raison que nous en sommes tous au même point. Sorensen est arrivé hier pour s'enfermer trois heures avec Wallenberg, mais rien n'a transpiré de leur huis clos. La seule chose que nous connaissions, c'est la liste des heureux élus de la conférence du siècle... Vous êtes les deux représentants de la branche danoise, tandis que Chicago est représenté par Wallenberg, bien sûr, et Philip Scott, pour le département de virologie appliquée. Il y aura aussi Michele Martins, le directeur administratif de l'institut, qui décide notamment des attributions budgétaires, et enfin ton serviteur, ici présent, pour prendre sur ses maigres épaules la lourde étiquette du laboratoire de génétique humaine.

– Bien, j'ai compris. Tu ne veux pas me confier le fond de l'affaire. Puisque personne ne daigne me mettre au parfum, je resterai sagement dans ma chambre jusqu'à ce qu'on veuille bien me siffler.

– C'est ça, restes-y, dit-il avec un petit sourire, en ralentissant pour s'arrêter devant l'hôtel. Je passe te prendre à 14 h 30 ; tâche de te reposer d'ici-là. Parce que, avec le décalage horaire, ta petite nature risque de nous gratifier de quelques bâillements pendant la réunion. Le professeur Fouettard pourrait ne pas apprécier... A tout à l'heure ! »

A peine installé, je décroche le combiné. Six, sept sonneries. Kirsten n'est pas chez elle, et il est trop tôt au Danemark pour qu'elle soit déjà sur son lieu de travail.

Voilà trois mois que notre relation dure, et ma méfiance à son égard s'est estompée, c'est vrai... D'abord, parce que, après un mois de vigilance sans relâche, je n'ai rien décelé chez elle qui puisse évoquer une trahison de sa part. Ensuite, parce que des liens se sont renoués et que la prudence du cœur me fait négliger mon enquête : je ne veux plus souffrir comme lors de notre séparation, il y a deux ans. Cependant, à la moindre incohérence, le plus petit détail réveille immédiatement ma méfiance endormie... Un détail comme son absence, maintenant, alors que j'essaie de la joindre.

Je raccroche, conscient tout de même d'exagérer, et je m'endors lourdement en me promettant d'essayer plus tard à son bureau.

La salle de conférences du Moore Institute est grande, ovale et occupée au centre par une immense table de la même forme. La moquette épaisse, les sièges capitonnés, le silence religieux qui règne rendent la réunion affreusement soporifique, comme l'augurait Jonathan.

Il est 15 h 15 et le professeur Wallenberg en est toujours aux formules de politesse. J'ai heureusement Jonathan à ma droite pour me tenir éveillé, tandis que sur le siège de gauche je sens Jesper se crisper, manifestement agacé par son homologue.

Jesper et Wallenberg présentent des profils radicalement opposés : le premier est direct, quand l'Américain use de mille détours ; il est laconique, alors que l'autre enrobe à souhait ce que Jesper aurait exposé en quelques mots. Sans parler de cette insupportable propension de Chicago, depuis le début d'une coopération difficile, à minimiser les efforts danois à son profit. Wallenberg reprenant son souffle, Jesper n'y tient plus :

« Je remercie Wallenberg de nous accueillir ici. Il nous réunit aujourd'hui dans un but très précis qu'il était urgent d'évoquer. »

Jesper marque une pause en fixant Wallenberg, qui le fusille du regard, et poursuit :

« Permets-moi, reprend-il avec un sourire de circonstance à l'attention de son homologue, d'en venir directement au sujet qui nous préoccupe. »

Se levant sur ces mots, il se dirige vers le tableau préparé à l'avant de la salle, bien en vue du petit groupe.

« Madame, messieurs, vous savez combien la lutte peut être âpre pour revendiquer la primauté d'une découverte, ne serait-ce que pour le prestige. Vous êtes tous aguerris à ces querelles d'instituts et d'organismes publics. » Rapide coup d'œil en direction de Wallenberg, qui reste impassible. Jesper reprend : « En revanche, vous n'avez peut-être pas tout à fait conscience de l'ampleur que peut prendre le phénomène quand d'importants intérêts commerciaux sont en jeu. Les concurrents sont alors d'une autre envergure. Ils sont bien plus agressifs que ceux auxquels vous êtes habitués, et ils sont prêts à tout pour obtenir ce qu'ils désirent. Je dis bien *tout*, et vous n'êtes pas armés contre cela, c'est la raison pour laquelle nous vous avons réunis aujourd'hui.

« Nous savons que trois laboratoires pharmaceutiques ont entamé leurs travaux de recherche peu de temps après nous. Deux d'entre eux ont abandonné, étant donné les dépenses et les structures qu'exigeait un tel projet. »

Jesper se tourne alors vers Michele Martins, qui lui fait un signe de tête approbateur. « Je laisse Mme Martins vous exposer ce qu'elle maîtrise bien mieux que moi. »

La jeune femme se lève, se tourne vers un écran et prend la parole en projetant la première image :

« Messieurs, voici les principaux groupes pharmaceutiques que le professeur Sorensen a évoqués. Les deux premiers ne sont pas – ou plutôt ne sont *plus* – inquiétants pour l'opération Silence, tandis que le troisième, IGPE, reste redoutable.

– IGPE ? interroge Jonathan.

– International Gordon Pharmaceutical Enterprises, que vous connaissez mieux sous le nom de Gordon. Des chiffres seront sans doute plus parlants qu'un long discours. »

La jeune femme regarde fugacement en direction de Wallenberg et poursuit :

« Voici sur ce tableau les chiffres représentant la capacité de mobilisation financière de ces firmes. Les deux premières, qui sont actuellement hors course en ce qui concerne notre projet, ont eu une capacité respective de douze et dix-huit milliards de dollars en 1996. Quant à Gordon, elle atteint la même année vingt-trois milliards de dollars, et on estime qu'elle atteindra cinquante-cinq milliards en 2001. »

Elle se retourne vers le groupe et, anticipant nos questions, elle reprend :

« Je suppose que cela ne représente rien de bien concret pour vous. Je vais donc vous donner un exemple, afin que vous ayez une idée de leur puissance financière. Gordon a récemment ouvert près d'Atlanta un nouveau centre de recherche clinique qui a coûté la bagatelle de cent cinquante millions de dollars. Le budget annuel de ce centre est estimé à quelque deux cent soixante millions de dollars. Sachez, messieurs, que le budget cumulé du Moore Institute et de l'Institut d'immunologie de Copenhague, tous départements confondus, bien sûr, a été cette année – et grâce aux efforts consentis pour l'opération Silence – de soixante-dix-sept millions de dollars. Et, sans vouloir me vanter, j'ai obtenu le double, quasiment, de ce qui a été attribué l'année dernière aux deux structures. Messieurs, priez pour l'année prochaine. »

Jesper remercie Michele avant de reprendre la parole, plus détendu cette fois :

« Vous avez ainsi une idée de leur puissance financière, il vous faut maintenant comprendre quelles sont leurs armes et quelle protection nous pouvons nous assurer. Ces laboratoires, et Gordon en particulier, ont compris qu'il ne suffit pas d'avoir de l'argent, il faut aussi disposer d'une bonne équipe scientifique. Là encore, l'argent n'est pas un mince argument pour convaincre certaines têtes bien faites, et Gordon a, semble-t-il, constitué un staff scientifique remarquable.

« Par ailleurs, Gordon ne se contente pas de savoir exploiter ses fonds, il sait aussi exploiter l'*information*. On n'a jamais considéré l'exploitation de l'information comme dangereuse jusqu'à ce que les frontières disparaissent et que l'information circule dans le monde entier, notamment grâce à Internet, bien sûr. Je ne parle pas d'espionnage industriel, attention. On estime aujourd'hui que quatre-vingt-dix pour cent de l'information circule librement. Gordon s'est entouré d'une cellule de spécialistes qui savent recueillir l'information, et sélectionner les éléments susceptibles de l'informer sur les progrès, les projets et les moyens mis en œuvre par des concurrents dans un domaine précis. Il s'agit de ce que l'on appelle *l'intelligence économique.* Une analyse concurrentielle permanente de l'information. »

Perplexe, j'interromps Jesper :

« Même si Gordon exploite de façon optimale cette information, elle ne peut contenir que les données officielles que l'on accepte d'y mettre, et que l'on sait par conséquent accessibles... Ce ne sont donc pas des informations que l'on tient à garder secrètes, et a priori il n'est pas gênant que Gordon les possède.

– C'est exact, Jan, mais tu n'as en tête que les informations scientifiques, une fois de plus, et tu n'envisages pas le problème dans sa globalité. L'information comporte aussi tous les mouvements d'équipes scientifiques, de capitaux mobilisés par tel ou tel organisme, les réunions plus ou moins officielles, les études de marché réalisées par un concurrent... Ce sont ces données qui permettent d'avoir une conduite adaptée et agressive. Ce qui est sûr, c'est qu'un tel outil rend Gordon capable de connaître à tout moment l'état d'avancement de nos travaux. Cela étant dit, un groupe puissant comme Gordon n'hésite pas non plus, enfin, à sauter le pas de l'illégalité. C'est cette fois de l'espionnage en bonne et due forme, qui peut utiliser deux voies : le réseau sur lequel notre système informatique est branché et qui se trouverait alors infiltré par une personne expérimentée ; ou l'accès direct à notre stock de données, dans les instituts mêmes...

« Nous avons donc décidé, pour protéger notre projet, d'agir à différents niveaux. Nous voulons tout d'abord accentuer la coopération entre nos deux structures, afin qu'elles soient parfaitement synergiques. La répartition des objectifs, déjà bien rodée, va être optimisée. Ce découpage du travail va en même temps disséminer l'information et rendre plus difficiles son analyse et surtout son piratage. Nous allons enfin assurer la protection de nos informations. Premièrement, en vous sensibilisant au danger – je crois que c'est fait – et en vous limitant au strict minimum en matière de communication, médiatique ou autre. Deuxièmement, en protégeant notre système informatique, et plus précisément en verrouillant le mieux possible notre système de transmission de résultats, qui devient essentiel si l'on choisit de répartir le travail. Mais ce sont des modalités techniques complexes qui concernent plus les services informatiques des instituts que vous. Je vous en épargne donc l'exposé. »

Je songe au pauvre Max, auquel on promet quelques nuits blanches supplémentaires. Et pour quel résultat ! Mais, hélas, je ne peux rien dire.

Gordon. Ce nom m'a obsédé durant les quelques mois qui ont précédé ma mort, je m'en souviens maintenant. Les termes de cette réunion me sont revenus progressivement pendant que Jesper parlait, comme un écho. La voix de Jesper, plus forte un instant, me sort de ma réflexion :

« Bien, j'espère que la vigilance requise ne gâtera pas l'atmosphère dans laquelle vous travaillez. Gardez à l'esprit que la coopération reste essentielle et qu'elle consiste aussi à réviser les mesures prises si celles-ci devaient gêner vos travaux. N'hésitez pas à en parler à Wallenberg ou à moi-même. Je vous remercie de m'avoir accordé votre attention. Bon courage pour la suite de votre entreprise. »

« Manifestement, la menace est de taille, commente Jonathan, à peine sorti de la salle de conférences. Wallenberg et Jesper semblent vraiment inquiets de l'offensive ; ils l'ont peut-être même minimisée. Quoi qu'il en soit, je suppose que, dès demain, il va falloir laisser une empreinte rétinienne pour prendre un café au distributeur de boissons... Ça nous promet de beaux jours jusqu'à la fin des travaux ! »

Perdu dans mes pensées, j'entends à peine les commentaires de Jonathan. Peut-être aurais-je dû, la première fois déjà, me préoccuper d'en savoir un peu plus sur Gordon et ses activités. Comment ai-je pu rester aussi passif et indifférent face à une concurrence d'une telle envergure, en me cantonnant aux directives préconisées par les instituts ?

Kirsten avait tous les traits et les agissements d'un suspect, elle aussi, et si mon enquête a finalement invalidé ma thèse, j'ai au moins la satisfaction d'être fixé. Aujourd'hui, on m'en présente un deuxième, et ce serait ridicule de ne pas le passer au scanner...

« Dis donc, si le son de ma voix te déconcentre, je me tais...

– Excuse-moi, Jonathan, je réfléchissais à ce qu'on nous a raconté à cette réunion... Tu connais bien Gordon, toi ?

– Je savais à peu près tout ce que Jesper nous a exposé à son sujet, mais ça ne va pas plus loin. »

Sur ce, une voix suraiguë traverse le hall de l'institut, et Jonathan se fige. Puis il me souffle :

« Si vraiment tu tiens à ce que Gordon n'ait plus de secret pour toi, tu vas être exaucé... »

Jonathan se retourne en bombant le torse.

« Noooon ! Docteur Mattews ! Quel merveilleux hasard ! »

A la dernière syllabe, elle se retrouve plantée devant nous. Elle est jeune, jolie, et il est difficile de ne pas la remarquer : des lunettes de soleil retiennent mal sa crinière rouge, et elle porte un tailleur rose assorti à ses lèvres, qui ne fait pas douter de ses formes avantageuses.

« Vraiment, mademoiselle Folcker, quel hasard, en effet ! Me rencontrer alors que vous êtes chez moi, ça, c'est une surprise... » Puis, lui saisissant la main : « Que me vaut le plaisir de vous voir à l'institut..., Lisa, si je puis me permettre ?

– Oui, vous pouvez. Quand on saborde l'interview d'une journaliste en lui racontant, au bout de cinq minutes, qu'elle correspond trait pour trait à l'idée que l'on se fait de la femme idéale dans le seul but de finir la nuit avec elle, on peut effectivement se permettre de l'appeler par son prénom. Même si l'on disparaît le lendemain sans jamais plus donner signe de vie. »

Elle se colle, tout sourire, à Jonathan, pivoine.

« Mais allez, je ne t'en veux pas ! De toutes les manières, tu n'es pas du tout mon genre. » Elle remarque enfin ma présence : « En revanche, ton ami, là, je veux bien te pardonner si tu me le présentes.

– Jan, voici Lisa Folcker, qui a délaissé une fulgurante carrière d'actrice, sans doute, pour être une non moins brillante journaliste. Elle travaille à l'*American Periodical of Immunology*, dont une antenne est basée à Chicago. Lisa, je te présente celui qui n'est plus à présenter : le docteur Jan Helleberg.

– Monsieur, je suis ravie de faire votre connaissance, même si vos fréquentations laissent à désirer... Vous occupez d'ailleurs une place de choix dans notre périodique : votre conférence au congrès parisien y a fait l'objet d'un article. Compte tenu de vos travaux, c'était le moins que l'on puisse faire... » Elle se tourne vers Jonathan : « Tu dois en connaître l'auteur, toi. Elle est trop jolie pour avoir échappé à ton œil aiguisé. Et si ce n'est pas fait, je vais tout de suite pallier cette carence regrettable. »

Lisa pivote sur ses talons et interpelle celle qu'elle a laissée en plan pour nous rejoindre, quelques minutes plus tôt.

« Lara, viens vite, j'ai une paire d'hommes extraordinaires sous la main : un goujat et un gentleman... »

C'est bien elle. Je reconnais son pas décidé, son

allure élégante, aussi sobre dans ses mouvements que sa collègue est extravagante.

Rosina quitte le bureau de Jonathan après avoir déposé quatre tasses sur la table. Lara et Lisa se sont installées dans les fauteuils en cuir placés face à la seule fenêtre de la pièce, tandis que Jonathan et moi réquisitionnons deux chaises dans le bureau adjacent.

Jonathan me fait un signe entendu, avant d'engager la conversation avec Lisa :

« Lisa, si mes souvenirs sont bons...

– Sans doute meilleurs que les miens.

– Je disais donc que si mes souvenirs ne me trahissent pas, tu t'es penchée d'assez près sur les stratégies de développement des grands laboratoires pharmaceutiques.

– C'est exact. Mémoire sélective, mais bonne. Un travail d'assez longue haleine, l'année dernière.

– Pourrais-tu nous parler d'IGPE ?

– Gordon ? Incontournable dans ce genre de reportage. Je pourrais écrire des pages sur ce laboratoire. Je crois qu'il a représenté à lui tout seul la moitié de mon travail, tant les entrevues ont été difficiles.

– Comment cela ?

– Difficiles à obtenir, d'abord. Gordon est une structure extrêmement hermétique qui distribue ses faveurs médiatiques avec parcimonie. Mais la difficulté venait essentiellement de l'incohérence des informations : selon les personnes interrogées, les éléments différaient, on allait d'une supposition à une autre. Un véritable casse-tête...

– Tous les journalistes qui ont eu affaire à Gordon vous le diront, confirme Lara. On sait tous, en allant là-bas, que les personnes qui nous reçoivent ont pour consigne de délivrer le moins d'informations possible, voire de pratiquer la désinformation. J'ai dû renoncer à un article, un jour, tant leurs déclarations sont parfois truffées d'erreurs.

– Néanmoins, on a récemment appris qu'ils avaient mis en place une nouvelle équipe scientifique, reprend Lisa.

– Sait-on qui la compose ?

– Ils restent très énigmatiques à ce sujet, bien sûr ; mais on parle de gros cachets qui auraient permis de débaucher des personnes de qualité au Canada, aux États-Unis, en France et en Scandinavie – en Norvège, je crois. »

J'écoute attentivement les deux jeunes femmes, persuadé d'approcher un point important. J'interviens :

« Êtes-vous sûre de ces informations ? Cela ne fait-il pas partie de la vague de désinformation entreprise par Gordon ?

– Non, parce que nous ne tenons pas ces renseignements du laboratoire. Il se trouve qu'au moment précis où cette équipe a été formée, on apprenait le départ inattendu de plusieurs figures scientifiques de prestigieuses unités de recherche, publiques comme privées. La coïncidence était troublante, vous en convenez...

– Dans ces conditions, reprend Jonathan, on a pu

établir les domaines dans lesquels Gordon a recruté : il suffisait de répertorier les démissions.

– Absolument. Eh bien, ils ont recruté dans tous les domaines, y compris les vôtres, puisque l'immunologie et la génétique sont cruciales pour l'élaboration des traitements.

– On sait aussi, ajoute Lara, que leur nouveau centre de recherche établi à Atlanta, qui ne devait pas être inauguré avant l'année prochaine, est en réalité déjà fonctionnel depuis six mois... Enfin, il s'agit de la date officiellement déclarée par Gordon, qui ne pouvait plus nier l'activité de l'unité tant elle était devenue flagrante. Mais il est très probable que cette activité ait démarré plus tôt encore... »

Je croise le regard de Jonathan, aussi effrayé que moi par ces révélations. Lisa profite du flottement pour se pencher vers Jonathan.

« Sais-tu combien nous autres, journalistes, sommes obligés de payer nos indicateurs ? Nous frisons l'espionnage industriel, docteur. Je risque ma carrière. Ça vaut bien une petite faveur, en compensation... »

Jonathan s'approche pour lui souffler à l'oreille :

« Je propose un tête-à-tête en amoureux dans le restaurant de ton choix pour que nous déterminions ensemble le montant de mes dettes... et le mode de paiement. »

Moins téméraire que sa collègue, Lara saisit cependant l'occasion avec adresse :

« En ce qui me concerne, je n'exigerai rien pour les informations fournies, docteur Helleberg. En revanche, je serais très heureuse de me rendre à

Copenhague si vous me confirmiez l'invitation que vous aviez lancée à Paris... »

C'est presque une injonction, et l'occasion est trop belle.

« Mademoiselle Radford, je vous attends pour la dernière semaine du mois d'octobre, si cela vous convient. »

A l'aéroport, Kirsten m'attend. Elle se jette à mon cou et m'embrasse langoureusement. Elle m'enlace avec une sincérité qui me fait regretter mes doutes passés. Je suis enfin assez détendu pour lui raconter le déroulement de la réunion.

Une fois à la maison, elle laisse passer le repas avant de revenir à ce sujet :

« Indépendamment des arguments avancés par Jesper, es-tu réellement inquiet ? Crois-tu Gordon susceptible d'être le concurrent que l'on craint ?

– Je ne sais pas, mais Wallenberg et Jesper paraissent prendre les choses suffisamment au sérieux pour que l'on suive leurs recommandations.

– C'est-à-dire ? »

En posant cette question, elle a cet air innocent qui me met inévitablement sur mes gardes. Je n'ai pas d'autre choix que de lui répondre :

« Renforcer la coopération entre les deux équipes tout en surveillant la transmission des informations et en... limitant nos confidences sur l'oreiller, mon amour.

– Mon chéri, tu ne vas bientôt plus risquer de commettre une quelconque indiscrétion. Je dois partir aux États-Unis dans quarante-huit heures.

– Et puis-je savoir combien de temps durera l'absence punitive, cruelle ?

– Aucune idée. Une ou deux semaines, tout au plus. »

Non, Kirsten, bien davantage.

4

L'heure était tardive et Lara commençait à montrer des signes de fatigue. Bridget posa son carnet avant de proposer :

« Je n'ai rien mangé, et vous non plus, je présume. Habillez-vous, Lara, je connais un petit restaurant à deux rues d'ici qui nous servira encore. Nous pourrons y poursuivre notre discussion en toute tranquillité. »

Lara acquiesça, épuisée. Elle enfila un pantalon et un pull-over, et s'arrêta devant le miroir. Le reflet d'elle-même, triste et pâle, lui renvoya l'image de sa solitude nouvelle. Elle détourna le regard pour ne pas pleurer.

Elles sortirent et la fraîcheur extérieure la revigora, le temps d'atteindre le restaurant. Elles s'installèrent à une table au fond de la salle, là où personne ne viendrait importuner deux filles non accompagnées.

« Lara, vous préférez peut-être remettre la suite de notre entretien à demain... »

Lara garda les yeux fixés sur son assiette restée intacte, avec un sourire triste.

« Non, continuons, Bridget. Le cadre me change un peu les idées et, demain, je n'aurai peut-être plus du tout envie d'en parler. »

Bridget approuva et Lara reprit le cours de son récit :

« Notre rencontre à Chicago n'était qu'un hasard. Je me trouvais au Moore Institute avec Lisa Folcker, notre correspondante, parce qu'elle devait rencontrer le professeur Wallenberg. Par le passé, Lisa avait eu l'occasion de faire plus ample connaissance avec le docteur Mattews, coureur impénitent et ami de Jan. Les deux chercheurs étaient ensemble, ce jour-là, et j'ai sauté sur l'occasion. J'ai demandé à Jan si sa proposition tenait toujours et, un mois plus tard, le 29 octobre, je crois, j'étais à Copenhague.

« Il faisait un temps épouvantable. A peine descendue de l'avion, j'espérais que le planning de Jan me permettrait de condenser au maximum entretiens et visites pour pouvoir repartir le plus tôt possible à New York.

– Aviez-vous précisé au docteur Helleberg les objectifs que vous vous étiez fixés concernant votre reportage ?

– Pas encore. Mais quand vous acceptez de recevoir un journaliste qui fait huit heures de vol pour vous rencontrer, il est assez cavalier de le congédier après une entrevue de dix minutes. Il savait parfaitement que mon déplacement était motivé par la perspective d'un article conséquent, et que j'étais en droit d'espérer un panorama assez large des activités de l'institut.

– Ça, c'était le motif officiel de votre voyage ; mais

au fond, Lara, vous espériez surtout glaner des informations plus précises sur Silence, n'est-ce pas ? »

Lara sourit. Elle avait presque oublié que Bridget était une journaliste avant tout.

« Bien sûr, Silence était ma priorité. Et la cause de ma déception, en l'occurrence. La visite de l'institut a été passionnante, et on m'a volontiers ouvert les portes de tout ce qui pouvait concourir à m'aider dans mon reportage. En revanche, je me suis heurtée à un mur à chaque fois que j'ai évoqué Silence. On éludait mes questions, pourtant souvent anodines, comme si un mot d'ordre avait été donné. Les gens devenaient muets aussitôt qu'une personne étrangère à l'institut prononçait le nom du projet. Jan était lui-même évasif, et c'est seulement au bout de deux jours qu'il m'a confié qu'à Chicago on leur avait recommandé la plus grande prudence. Bien plus tard, j'ai appris qu'au moment où je me trouvais parmi eux, ils étaient en passe de clore la deuxième phase de recherche, ce qui expliquait la tension au sein de l'équipe et la méfiance à l'égard d'une journaliste.

– La deuxième phase ?

– Oui, celle qui visait à déterminer le virus vecteur du gène du silence, ce virus qui devait introduire le gène du silence dans les cellules infectées pour paralyser le génome du HIV. Il porte le nom de Sigma, mais vous en avez sans doute entendu parler, même sans faire partie de la presse spécialisée... Après, j'ai mieux compris le comportement de ses collaborateurs, même si cela ne me facilitait pas la tâche.

– Vous parlez beaucoup du reste de l'équipe, avez-vous eu l'occasion de les fréquenter au cours de votre séjour ?

– Oui, bien sûr, mais dans un cadre strictement professionnel. Où voulez-vous en venir, Bridget ?

– Lara, ce sont ces éléments, a priori insignifiants, qui peuvent nous éclairer. N'oubliez pas pourquoi nous sommes là, toutes les deux... Avez-vous senti une tension entre les chercheurs, notamment entre Jan et un autre membre de l'équipe ? Un collaborateur jaloux ? Vous savez que notre œil de femme d'abord et de journaliste ensuite nous permet de discerner des choses qu'un homme ne remarquerait même pas. » Elle prit la main de Lara et, la fixant : « N'ayez pas peur de tout me raconter, Lara, je ne suis pas policier. Je suis dans votre camp. » Elle accentua la pression sur sa main. « Lara, avez-vous eu le sentiment, au cours de vos entretiens, de vos questions et des réponses des uns et des autres, qu'il existait une certaine animosité à l'égard de Jan ?

– Je... je ne sais pas, non, je ne crois pas. » Elle secoua la tête et reprit plus fermement en retirant sa main : « Bridget, je vous répète qu'il régnait une tension très importante en raison de l'imminence de la découverte. Cela ne signifie pas qu'elle était forcément sous-tendue par un conflit... »

Bridget soupira, encore gênée par l'idéc que Lara puisse ne pas lui faire confiance.

« Vous êtes fatiguée, Lara, et moi aussi, je crois. Rentrons, nous aurons les idées plus claires demain, si vous le voulez bien. »

Elles restèrent muettes sur le chemin du retour. Devant l'hôtel, c'est Lara qui rompit le silence :

« Bridget, je sais que vous essayez de m'aider, et sachez que votre présence me fait du bien. Et puis, parler de tout ça me permet de maîtriser un peu ma douleur, je vous en suis reconnaissante. Cependant, ne m'en voulez pas si je ne peux pas toujours vous faire le récit détaché que vous obtiendriez d'un simple témoin oculaire. C'est très pénible pour moi d'évoquer ces moments, et vous ne devez pas prendre cela pour de la méfiance ou un manque de sincérité. » Sa gorge se noua, ce qui l'empêcha de continuer. Bridget lui serra le bras en signe d'assentiment. Elle voulut parler, mais Lara ne lui en laissa pas le temps : « Merci d'avoir été là ce soir, Bridget. Retrouvons-nous demain. Disons à 9 heures, à l'hôtel.

– Très bien. Bonne nuit, Lara, essayez de dormir.

– Bonne nuit, Sherlock... »

Bridget était ponctuelle. Lara l'accueillit avec un sourire.

« Vous semblez reposée, Lara. Vous avez meilleure mine.

– L'artifice du maquillage, ma chère... Et puis, je me suis dit que vous étiez capable de venir avec les photographes, aujourd'hui. Pas question d'être prise au dépourvu ! »

Bridget répondit en riant :

« Non, j'attends que vous ayez les joues creusées par quelques jours de jeûne, les photos seront plus touchantes.

– Là, c'est perdu d'avance : je vous attendais justement pour le petit déjeuner... »

Mais son humeur joyeuse ne trompait personne. Lara eut même du mal à finir sa tasse de thé. Bridget admirait son courage. Elle installa son matériel sur la table et attendit que Lara reprenne son récit.

« J'ai essayé de réfléchir en adoptant votre façon d'aborder les choses, Bridget. J'ai tenté d'analyser les rapports que Jan entretenait avec ses collaborateurs et les sentiments que l'équipe, en retour, paraissait nourrir à son égard. Tous ces gens semblaient réellement évoluer dans une atmosphère saine. Le professeur Sorensen savait les dynamiser. C'était une équipe soudée, passionnée, et c'est sans doute ce qui expliquait la difficulté qu'ils éprouvaient, tous, à jouer le jeu de la compétition et de la méfiance qu'on leur avait imposé à la réunion de Chicago. Ils formaient un groupe d'idéalistes, Bridget, loin de toute mauvaise pensée, avec Jesper en tête. On les forçait à affronter la concurrence, et ils n'étaient pas faits pour travailler dans ces conditions. C'était, à mes yeux, la seule cause de tension. »

Bridget prit quelques notes avant de demander :

« Combien de temps êtes-vous restée, vous qui vouliez rentrer au plus vite ?

– Je vous avoue que je commençais à apprécier mon séjour. Cependant, la rédaction me réclamait au siège. Au bout de quatre jours, j'avais assez d'éléments pour rédiger le papier qu'on attendait de moi. Ce n'est que lorsque la nouvelle est tombée que j'ai remis en question mon départ. »

Je raccroche après une courte conversation avec Kirsten, toujours aux États-Unis. J'ai tenté en vain de lui signifier que son absence prolongée m'était pénible. Mais comme elle se dit confrontée à des obligations professionnelles, je ne m'autorise à opposer aucune objection.

Un peu frustré, je reste songeur quand le téléphone sonne à nouveau. C'est Helena.

« Docteur Helleberg, Mlle Radford est ici, dans votre bureau. » Et, à voix plus basse : « Vous savez, la journaliste...

– Oui, Helena, je vois de qui vous voulez parler. La jeune femme avec laquelle je passe environ huit heures par jour à l'institut depuis une semaine, et que je vous ai présentée trois fois... Je crois la connaître.

– Docteur, l'ironie est une arme dangereuse. Et le vieux singe, dans l'histoire, c'est certainement moi... » Elle ajoute avec un ton de complicité qui n'est pas coutumier :

« Venez me libérer, cette demoiselle n'est pas de celles que j'arriverai à décourager...

– J'arrive, Helena. Luttez vaillamment contre mes groupies en furie, je vole à votre secours. »

Je retire ma tenue de combat antiviral et prends les escaliers pour rejoindre Lara. J'ai cette sensation d'oppression, là, juste au niveau de la poitrine et de la gorge, qui augure un événement sombre. En réalité, cette amnésie dont je crois souffrir et que j'attribue à l'intervention surnaturelle de la Vie n'est peut-être qu'une réaction d'autoprotection, quand je sens le drame imminent et que je refuse de l'affronter. Si ce n'était pas le cas, si je me souvenais de ce que Lara va m'annoncer, j'irais à sa rencontre comme on mène un homme à la potence.

J'entre dans la pièce, elle se lève brusquement, et je remarque instantanément ses traits tendus.

« Lara, je vous croyais à l'aéroport. Votre vol est annulé ? »

Elle va ouvrir la bouche et, comme à chaque fois depuis mon terrible retour à la vie, comme avec Kirsten, comme à Chicago, ses mots me reviennent avant même qu'elle ne les prononce. Je blêmis.

« Jan, j'ai une mauvaise nouvelle. »

Ne m'annonce pas ça, Lara, ne m'annonce pas ça, je n'avais pas envie de m'en souvenir, ce n'est tout de même pas pour rien.

« J'ai appelé la rédaction de mon journal juste avant de quitter l'hôtel. C'était au moment précis où Lisa leur faxait un topo sur Gordon. Jan, Gordon a annoncé ce matin dans un communiqué de presse qu'ils venaient de déterminer avec précision le virus vecteur du gène du silence. Et, pour étoffer leur déclaration, tous les essais de greffe du gène dans le génome du virus. »

Je prends appui sur le bord de la table jonchée de feuilles concernant le virus Sigma, et je me laisse lourdement tomber dans un des fauteuils.

« Jan, je suis vraiment désolée... Je ne sais que vous dire. »

Elle regarde autour d'elle, comme si elle cherchait une inspiration pour trouver l'argument qui me réconforterait. Et laisse sa nature forte reprendre le dessus : « Jan, rien n'est perdu. Je ne pars plus, vous allez sans doute avoir besoin de contacts avec la presse. Je suis à mon hôtel, toujours joignable. »

J'entends son pas s'éloigner, alors qu'elle sort sans autre geste de compassion, trop fine pour m'en témoigner. Je relève la tête, furieux de me voir réagir comme la première fois, ou plutôt ne pas réagir, justement : effondré, amorphe, presque disposé à subir à nouveau ce que j'ai déjà vécu.

Je me ressaisis et rassemble les feuilles éparses sur le bureau en tentant d'échafauder un plan. D'abord, comprendre la progression fulgurante des recherches menées par Gordon, au point qu'ils puissent nous dépasser dans la dernière ligne droite de cette deuxième phase. On les savait sur les mêmes pistes scientifiques, mais avec beaucoup de retard sur nous, qui avons démarré la recherche du virus vecteur et l'élaboration du gène du silence presque simultanément, grâce à la synergie des deux instituts. C'est incompréhensible.

Je me relève d'un bond, conscient brutalement du désarroi dans lequel doit être plongé celui qui a tout consacré au projet. Je quitte mon bureau d'un pas rapide, je longe le couloir et frappe à la porte.

Pas de réponse.

« Jesper ? »

J'attends quelques secondes et me décide à entrer malgré le silence persistant.

Jesper est debout, face à la fenêtre, immobile. Son visage est sans expression, on le croirait de cire. Il tient à la main un fax à l'en-tête du Moore Institute. Sans se retourner, il me tend la feuille.

« Je viens d'apprendre leurs résultats, Jesper, lui dis-je sans prendre le fax.

– Leurs résultats ? explose-t-il. Les résultats de quoi ? De quelles recherches ? Les résultats d'un vol, d'un piratage honteux, d'un espionnage flagrant ! Ces salauds n'en étaient même pas à la découverte de la roue quand nous étions à mi-chemin de la deuxième phase ! »

Il ferme les yeux et prend une grande inspiration pour retrouver son sang-froid.

« Jan, nous suivons pas à pas l'état d'avancement de leurs travaux. Ils en étaient, il y a deux mois, aux balbutiements du virus Sigma ! Tu connais pertinemment le temps nécessaire à des cultures virales, aux différents tests de résistance membranaire, aux phases d'essais cliniques. Ce temps est incompressible, ce sont au moins neuf mois incontournables ! »

Il a raison, et son raisonnement me fait entrevoir, avec effroi, la seule solution possible à cette énigme. Mon silence laisse Jesper poursuivre, plus calme :

« Je pars tout à l'heure pour Chicago. Wallenberg veut engager une procédure juridique, mais nous n'avons bien sûr aucune preuve tangible pour attaquer Gordon. Je te laisse, Jan, je dois régler certaines choses avant mon départ. »

Je reste seul au milieu de la pièce, immobile. Une hypothèse commence à germer dans mon esprit, mais j'ai besoin d'en confirmer les éléments avant de la développer. Je regarde ma montre, il est déjà 18 heures. Rester ici ne m'aidera pas à mettre mes idées au clair. Autant rentrer.

Mon répit est de courte durée. Le téléphone sonne en début de soirée, alors que j'avalais rapidement un en-cas.

« Jan ? Jonathan à l'appareil. Je suppose que tu es au courant... Pas trop abattu ?

– Si, bien sûr. Je n'ai pas encore le compte rendu de leur communiqué, mais je suis impatient de l'avoir entre les mains. Tu crois que Gordon aura la délicatesse d'effacer nos logos avant de publier *nos* recherches ?

– C'est pour cela que je t'appelle ; j'ai leur communiqué sous les yeux, il contient tout. Les résultats des tests de réplication virale des souches HIV avant et après greffe, mais aussi les essais de greffe du gène dans le génome de Sigma, les caractéristiques précises de ce génome, et surtout les résultats des séries cliniques prouvant l'innocuité de ce virus pour l'organisme humain. Deux mille cinq cents patients : le même échantillon que nous. Extraordinaire hasard, non ?

– On va leur envoyer des roses...

– Bon, je te faxe immédiatement ce bijou. En ce qui me concerne, j'en ai assez lu.

– Merci, Jonathan.

– Bonne nuit, Jan. »

Il a raccroché, et me laisse perplexe. De deux choses l'une : soit Gordon a réuni les plus belles têtes du monde scientifique, capables de défier les lois du temps en établissant des records de rapidité ; soit, malgré notre vigilance, un transfert d'informations a été effectué de nos instituts vers le laboratoire. Dans ce cas, j'ai toutes les raisons de revenir à l'hypothèse qui s'impose à moi.

Kirsten.

Kirsten, assez adroite pour endormir ma méfiance. Assez habile pour renouer avec moi au bon moment, pour pénétrer chez moi et observer mon travail. Assez compétente pour le comprendre et savoir en sélectionner les éléments cruciaux.

Kirsten, qui est partie pour les États-Unis il y a maintenant cinq semaines.

J'ai encore envie de croire que je m'égare. Il est temps, cependant, d'explorer une piste que j'avais négligée lors de la première « visite ». Cette fois, il me faut aller plus loin. En commençant par savoir de quoi est fait le cerveau de Gordon. La réponse me permettra peut-être d'invalider l'hypothèse que j'ai à l'esprit, et contre laquelle je lutte...

« J'aimerais parler à Mlle Radford, chambre 134.

– Oui ?

– Lara ? Jan Helleberg. Je suis soulagé, je n'espérais pas vous trouver. Avez-vous déjà dîné ?

– Oui.

– Que diriez-vous d'aller prendre un verre ? J'avoue que cela me changerait les idées.

– Volontiers.

– Je passe dans une demi-heure ?

– Je serai prête. A tout à l'heure, Jan. »

Nous descendons les quelques marches qui séparent l'entrée du bar de la salle. Elle est assez grande, mais des banquettes capitonnées en forme de U préservent l'intimité d'une discussion. Au fond, plusieurs tables de billard, occupées par quelques hommes qui me saluent de loin. Je leur fais un signe et invite Lara à s'installer.

« On m'aurait dit que le docteur Helleberg s'encanaille le soir dans un snooker-parlour, je serais tombée raide !

– C'est un endroit où j'aime venir me réfugier, parce que le billard me détend et que je n'y rencontre aucune personne de mon entourage habituel : je peux jurer à souhait pour me défouler, si le jeu ne suffit pas. »

Me sentant contracté, elle se décide :

« Jan, vous avez sûrement envie de revenir sur ce qui est arrivé ? »

Elle m'engage à me livrer. Mais je suis trop échaudé pour lui parler de Kirsten.

« Lara, comment croyez-vous que Gordon a réussi à obtenir les résultats annoncés ce matin ?

– Ce qui me paraît le plus plausible, c'est que leur centre de recherche a engagé leur programme d'investigations bien plus tôt qu'on ne le pense. Je me suis entretenue avec Charles Fowley, un collègue qui a rédigé un papier sur cette unité ultrasophistiquée. Après plusieurs tentatives infructueuses auprès des dirigeants, il s'était résolu à employer d'autres méthodes pour connaître l'activité réelle du centre. Et, cet été, il a appris que l'entreprise de nettoyage et celle de maintenance informatique dont Gordon louait les services exerçaient leurs fonctions sur place depuis déjà six mois !

– Soit, mais c'est tout de même insuffisant pour rattraper un retard de plus de deux ans...

– La deuxième hypothèse est celle de la fuite d'informations. Jan, vous avez, je crois, une confiance absolue dans les gens qui vous entourent à l'institut, n'est-ce pas ?

– Oui. Même si l'on ne peut jamais être sûr de rien.

– Il n'y a pas forcément une personne malintentionnée dans vos effectifs. Aucun employé des deux instituts n'a démissionné ces derniers mois, débauché en réalité par Gordon ?

– Je n'ai pas eu vent d'un départ récent. »

Cette équipe de choc qu'aurait constituée le laboratoire commence à m'agacer sérieusement. Cela me conforte dans l'idée qu'il est indispensable que j'en connaisse les brillants éléments. C'est un peu, je l'avoue, ce qui a motivé mon entrevue avec Lara ce soir.

« Lara, votre proposition de ce matin était peut-être de simple courtoisie, mais je vous prends au mot : j'ai besoin d'un contact avec la presse, de façon urgente. Puis-je compter sur votre influence ?

– Je vous écoute. » Dans sa voix perce l'excitation due à la perspective d'un rebondissement.

« Lara, comment se nomme votre correspondante à Chicago ?

– Lisa ? Vous pensez à Lisa Folcker, que j'accompagnais au Moore Institute ?

– Absolument. Pouvez-vous me donner ses coordonnées ? Elle peut m'être d'une aide précieuse.

– Lisa est en déplacement actuellement, mais elle sera à Chicago dès demain. »

Elle fouille dans son sac et en sort un papier où elle griffonne un numéro de téléphone.

« Lisa est très matinale... même épuisée par votre confrère. Vous la trouverez à son bureau à la première heure. »

En déposant Lara à son hôtel, je ne peux m'empêcher de la suivre des yeux. Elle exerce une attirance évidente sur moi. Mais une attirance parasitée par l'image d'une femme qui me blesse pour la deuxième fois.

C'est avec l'image de Kirsten, douloureuse, et celle, apaisante, de Lara que je m'endors péniblement.

Il est 8 heures et, carré dans mon fauteuil, à l'institut, je regarde nerveusement les minutes s'égrener. Je décroche enfin le combiné et compose le numéro de Lisa.

« Mademoiselle Folcker ? Docteur Helleberg..., ai-je le temps de prononcer, avant d'être coupé par ce qui ressemble plus à un rugissement qu'à un cri féminin.

– Docteur, tonne Lisa, ne dites rien, je sais tout ! Vous avez enfin pris conscience de l'incompétence navrante de Lara Radford, et vous ne rêvez que d'une chose : me confier le reportage ! »

Elle parvient presque à me rendre le sourire.

« Ce n'est pas tout à fait cela, mais c'est bien à vos compétences que je fais appel. Pour être plus précis, c'est la spécialiste de Gordon Enterprises que j'appelle à la rescousse. »

Après un court silence, Lisa répond, plus sérieuse :

« Qu'attendez-vous de moi, docteur ?

– Lisa, vous m'avez parlé du remaniement des équipes scientifiques de Gordon. Pourriez-vous m'obtenir les noms des membres principaux ?

– Considérez que c'est fait, mon cher. Je dois pouvoir les obtenir sur le listing de mouvements que nous possédons. Je vous les transmets dans l'heure.

– Je suis à l'institut. Voici mon numéro de fax : 39 45 44 40. J'attends votre réponse, Lisa.

– Comptez sur moi. En échange, promettez-moi d'être mon garçon d'honneur, le jour où le docteur Mattews demandera ma main. Ça fera très chic, vis-à-vis des collègues... »

Elle rit et, d'une voix chaleureuse, ajoute :

« Docteur Helleberg ?

– Oui ?

– Vous ne devez pas en rester là, même si c'est un coup dur. Nous ferons tout ce qu'un journal peut faire pour vous aider, mais battez-vous, pour que ce ne soit pas votre dernier mot. Battez-vous jusqu'au dernier souffle. A bientôt. »

Jusqu'au dernier souffle, Lisa, c'est promis.

Une demi-heure plus tard, le téléphone sonne et m'arrache aisément à ma lecture.

« Docteur Helleberg ? C'est Lisa. J'ai préféré vous appeler, parce qu'un fax peut tomber sous un œil indiscret... J'ai ce que vous recherchiez. La liste n'est pas complète, mais les principaux noms doivent y figurer. J'ai mis tout le service sur l'affaire ; on a passé au peigne fin toutes les déclarations de presse d'IGPE des deux dernières années pour en relever les signatures scientifiques. Les changements sont radicaux et datent d'il y a six mois. Vous avez de quoi noter ? Voici les nominés au jackpot des salaires du monde scientifique. Roulement de tambour... » Et battements de cœur, en prime. « En maladies tropicales, Jackson, de l'université de Minneapolis ; Van der Vliet, que vous connaissez, qui a travaillé sur le virus Ebola à Louvain ; MacPherson, un Écossais émigré à Berkeley et démissionnaire, un an plus tard, pour... Atlanta, bien sûr. Voilà... Non, attendez, voici les deux derniers – les plus récents, semble-t-il : Charpentier, qui a quitté avec fracas l'Institut Pasteur de Paris, et enfin le chercheur scandinave dont je vous avais parlé, qui n'est pas norvégien mais danois – c'est la même chose, tous blonds, non ? C'est Olsen. Ah, non, excusez-moi, *danoise*, une dame : Kirsten Olsen, pour la virologie. Cette fois, c'est terminé, je n'ai plus rien à vous mettre sous la dent. Satisfait, docteur Helleberg ?

– Oui, oui, merci infiniment, Lisa. Vous m'êtes d'un grand secours. A très bientôt, j'espère.

– Je vous en prie. Au revoir, et bon courage. »

Lisa raccroche, et je reste immobile, téléphone en main, tétanisé. Je repose enfin l'appareil, lentement, abattu par l'évidence qui s'impose. C'était bien elle, alors, le traître que je n'avais pas su démasquer la première fois. Comment ? Comment Kirsten a-t-elle pu être assez machiavélique pour manipuler un homme de la sorte ? Et jouer avec l'amour, avec des sentiments qu'elle a été assez diabolique pour raviver...

Je reste un long moment le visage enfoui entre les mains, trop secoué pour me dominer. C'est à cet instant que le visage de Lara m'apparaît comme un éclair devant les yeux. J'inspire profondément. Je dois me ressaisir.

C'est un fait, le rôle de Kirsten est sordide... Mais je dois absolument lutter contre la déception sclérosante. Je ne peux pas me contenter d'attendre paisiblement, de me transformer en feu d'artifice, le 15 décembre, sur une route du bord de mer !

Je ne suis pas au bout de mon enquête : car, même en acceptant la trahison de Kirsten, quel peut être le lien entre elle et ma mort ? Et puis, aussi proche qu'elle ait été de moi, par quel stratagème Kirsten aurait-elle bien pu me dérober des informations à mon insu ?

« Que ce ne soit pas votre dernier mot, docteur... » Vous avez raison, Lisa, ce serait dommage d'en rester là. Je me lève, pris d'un nouvel élan. Je sais qui va m'aider à avancer.

Quand j'arrive, essoufflé, au service informatique, Max est en train de jurer, penché sur un appareil en pièces détachées. Ses lunettes, aux verres assez épais pour réduire la taille de ses yeux ronds à celle d'une bille, sont remontées sur son front dégarni où perlent des gouttelettes de sueur. Il souffle bruyamment, gêné par une position que son embonpoint rend pénible.

« Jan, une menace de grève gronde dans ce service, tu peux le dire à Sorensen...

– Je doute que grand-chose puisse encore l'effrayer, Max. Et peut-on savoir ce qui motive la grogne du peuple ?

– J'exige qu'on attribue de toute urgence une microscopique fraction du budget à l'achat d'un nouveau scanner, si tu veux encore avoir l'opportunité de projeter des portraits de famille du HIV et autres petites merveilles...

– D'accord, j'œuvrerai en ta faveur. Laisse-moi te distraire de ton fatras quelques minutes, j'ai besoin de tes lumières, Max.

– C'est une menace ? D'accord, je renonce à ma grève, mais qu'on empêche cet homme de me poser la moindre question ayant trait de près ou de loin à l'informatique, il n'y comprendra de toute façon rien !

– Max, fais toutes les grèves que tu veux, mais accorde-moi un court instant. Ton service a eu pour mission, depuis quelque temps, de suivre de près l'état d'avancement des travaux de recherche d'un laboratoire pharmaceutique.

– IGPE, Gordon, quoi. Oui, c'est vrai, mais tu n'as pas besoin de prendre tant de précautions pour en parler, je ne fais pas partie des services secrets danois et toi non plus. Sache que les moyens utilisés ont été et sont toujours légaux : je n'ai exploité que l'information circulant librement, principalement sur Internet.

– Oui, je sais, Jesper nous a exposé les principes de l'intelligence économique : exploiter l'information pour mieux cibler la position d'un concurrent dans un domaine précis et adapter notre attitude en conséquence... Tu vois, j'ai bien retenu la leçon.

Mais es-tu sûr de collecter toutes les informations utiles, et de ne pas glaner d'informations erronées ?

– En ce qui concerne ta première question, sache que la masse de données est telle que je ne m'amuse pas à tout lire pour sélectionner ce qui serait susceptible de nous intéresser. Il existe des outils pour cela, dont nous sommes équipés depuis quelques mois ; précisément depuis que notre bon directeur Jesper s'est cru espionné jusque sous son lit... Ces outils nous viennent des services de renseignements militaires et ils ont inondé le civil lorsque la guerre de l'information a été déclarée. Du coup, l'institut est équipé depuis peu d'un logiciel appelé Dataview qui s'occupe de repérer ce que l'on recherche dans le fouillis des bases de données spécialisées, notamment scientifiques. En revanche, et cela répond à ta deuxième question, on ne peut pas lui demander de repérer les informations erronées, qui sont de plus en plus nombreuses à être introduites intentionnellement pour fausser les pistes.

– Et je suppose que ce que nous pouvons faire, les autres aussi peuvent le faire avec des outils similaires.

– Au risque de te décevoir, je peux t'affirmer que Gordon ne nous a pas attendus pour se fournir en outils d'intelligence économique.

– Mais quelque chose me tracasse : même avec ces outils performants, est-ce qu'on ne peut obtenir que les informations qui ont été *volontairement* mises à la disposition des utilisateurs ?

– Il est clair, si c'est ce que tu me demandes, que l'on n'exploite que l'information rendue accessible.

En d'autres termes, les éléments sensibles de tes travaux, par exemple, ceux qui ont été introduits pour traitement ou stockage dans notre système informatique, ne peuvent pas être atteints par ces outils. »

C'est sans doute à ce niveau qu'est intervenue Kirsten. Je dois en avoir le cœur net.

« Par quels moyens alors pourrait-on nous dérober des informations contenues dans le système informatique interne de l'institut ?

– Là, tu tiens vraiment à te noyer. Bon, simplifions à l'extrême.

« Le premier moyen pour infiltrer notre stock de données internes, c'est de profiter de nos périodes de transmission. Comme vos recherches sont réparties entre différentes unités de travail, et que vous devez regrouper les données, il faut que l'unité centrale – moi – vienne les récupérer. A un autre niveau, mais le principe est le même, il t'arrive de travailler à ton domicile ; je te demande alors, à la fin de ton travail, de saisir toutes tes données dans un répertoire et de te brancher sur le réseau à une heure que nous déterminons au préalable. Je me connecte au réseau au même moment et je peux consulter ce répertoire et en prendre le contenu. Un opérateur expérimenté peut faire la même chose que moi et glaner les données en question. Est-ce clair ?

– Ça l'est, mais je suppose que ce système de consultation et de transmission est protégé ?

– Bien sûr. Pour pouvoir faire cela, tu dois d'abord me donner un numéro correspondant à la machine, un mot de passe déterminé au préalable, et un nom.

Ces précautions rendent le piratage difficile, mais pas impossible. »

Max me fixe, guettant une éventuelle incompréhension, avant de continuer ses explications :

« L'autre façon, plus évidente, de glaner des informations, consiste à pénétrer dans ce service ou dans un des bureaux et à ponctionner les informations directement sur une machine. Mais il faut connaître les codes et mots de passe qui protègent l'accès aux données contenues dans mes petites bécanes... Là encore, il existe des failles et un gars doué peut contourner ces barrières. Cela dit, Sorensen a donné libre cours à sa paranoïa : il a fait réaliser des tests d'intrusion dans notre système pour identifier les vulnérabilités. Par ailleurs, nous bénéficions régulièrement de ce que l'on appelle un audit de sécurité, qui est mis en œuvre pour enregistrer toutes les opérations effectuées sur les ordinateurs. On sait ainsi qui a fait quoi et quand sur notre réseau informatique ; tout est consigné dans le journal d'audit. Ce procédé est associé à un détecteur d'intrusion, qui révèle toutes les "attaques" portées au système. Tu vois, mon ami, tu peux dormir sur tes deux oreilles, maintenant.

– Parfait, c'est clair. Mais, si je puis me permettre une petite remarque, il existe un capital d'informations qui ne se trouve plus dans tes machines et que tu stockes sur des supports, non ?

– Tu veux parler des disquettes ou des CD-Rom ? Ça, ça tombe sous le sens : il suffit de dérober une disquette pour s'approprier des informations. Cela dit, l'institut n'avait pas attendu cette vague de panique pour protéger l'accès aux archives de mon service : c'est un vrai bunker, et il est impossible d'en sortir quoi que ce soit sans qu'on s'en aperçoive, je te le garantis.

– D'accord, j'arrête de te martyriser.

– Je ne le croirai que lorsque je t'aurai vu derrière ces portes vitrées... Allez, retourne à tes bestioles, et fais-moi parvenir une boîte d'aspirine.

– Max, merci pour la leçon. »

Ladite leçon ne répond cependant pas à la question essentielle : comment Kirsten a-t-elle pu dérober les résultats de mes recherches ?

Max a été catégorique : Gordon n'a pas pu découvrir quoi que ce soit en exploitant simplement l'information libre. Si Kirsten ou le laboratoire avaient voulu infiltrer le système de l'institut, leur intrusion aurait été détectée. Par ailleurs, on n'a décelé aucun support manquant, que ce soit à l'institut ou chez moi. Enfin, j'ai trop peu travaillé à mon domicile pour que la transmission de ces données ait été piratée..., mais il est vrai que Kirsten m'a vu établir les connexions qui permettaient à Max de vider mon répertoire de données.

Il reste enfin les ordinateurs de l'institut. Leur accès est protégé par des codes d'accès, et même si ceux-ci sont contournés, il y a encore l'obstacle des mots de passe, indispensables pour accéder aux dossiers importants. Trois personnes seulement possèdent ces mots de passe : Max, Jesper et moi.

Max est trop intègre pour mettre son art au service d'une malveillance. Quant à Jesper, je me refuse à envisager une hypothèse aussi ridicule. Même en oubliant l'estime et la confiance aveugle que j'ai en cet homme, je trouverais absurde et incompréhensible qu'il saborde son propre travail, celui de toute une carrière, en offrant le fruit de ses recherches à un concurrent.

Décidément, malgré certains éléments flous, Kirsten reste le suspect numéro un ; son absence la rend d'autant plus coupable. Elle savait qu'à l'annonce de la découverte de Sigma par Gordon, je prendrais conscience de son rôle et qu'il lui serait inutile de revenir puisqu'elle ne pourrait plus continuer à opérer dans l'ombre.

Je finis par me réfugier dans mon bureau, le regard perdu dans le paysage. L'esprit égaré dans de sombres pensées : tant d'efforts de clairvoyance pour prendre conscience de tant de noirceur...

Pour la première fois, je me demande si cette enquête a un sens. Fallait-il absolument que je sache ? Ai-je vraiment besoin, pour mourir en paix, de découvrir l'épouvantable envers du décor ?

5

Bridget fixa Lara, les yeux écarquillés.

« Gordon ? Le groupe industriel pharmaceutique ? s'étonna-t-elle en jetant son carnet sur la table basse. Gordon annonce alors la découverte du virus-vecteur ? Je n'y comprends rien. Ne m'avez-vous pas expliqué que la découverte de ce virus était l'objet de la deuxième phase de recherche du docteur Helleberg ?

– Si, vous avez parfaitement compris. Mais je vous ai parlé du climat de méfiance et de vigilance qui régnait à l'institut lors de mon reportage. On avait sensibilisé tout le personnel à l'existence d'une concurrence sauvage au sujet de Silence. Et Gordon était le chef de file de ces concurrents, le seul susceptible d'inquiéter Chicago et Copenhague.

– Jan vous en avait-il parlé ?

– Oui, bien sûr, c'est de lui que je tiens ces informations, mais il m'expliquait que le retard de Gordon le rendait relativement inoffensif.

– A-t-il cherché à savoir comment le laboratoire avait pu devancer le couple formé par les deux instituts ?

– Il n'a ensuite évoqué les choses qu'à mots couverts, mais il semblait clair que, dans son esprit, Gordon avait réussi à se procurer des informations secrètes à partir des résultats de l'institut... Personne n'en détenait la preuve, et je crois qu'ils n'ont pas voulu s'engager dans des procédures stériles qui leur auraient fait perdre du temps. Il était plus judicieux pour eux de concentrer leurs efforts sur la troisième et dernière phase de Silence. Ils savaient que la lutte serait âpre. Leur ennemi était clairement désigné, maintenant.

– Et vous, vous avez changé votre programme, alors ?

– Oui. Je m'étais, je l'avoue, un peu attachée à la cause des instituts, et je savais qu'un soutien médiatique serait précieux pour l'équipe, et... je... »

Ses mots s'embrouillèrent, et Bridget arrêta l'enregistrement.

« J'espère ne pas être indiscrète en vous posant cette question, mais... » Lara sourit. Bridget enchaîna : « Êtes-vous sûre de n'être restée que pour assurer un soutien médiatique au docteur Helleberg ? »

Légèrement rougissante, Lara resta silencieuse.

« Allez, dites-moi tout. On m'a décrit le docteur Helleberg comme quelqu'un d'aussi séduisant en privé que brillant en société ! Vous avez dû faire des jalouses...

– On vous a menti, répondit Lara, il était bien mieux que ça. »

L'atmosphère enjouée fut de courte durée. Bridget sentit toute la tristesse des premiers instants, refoulée depuis quelque temps, envahir à nouveau Lara.

« Nous nous sommes revus le soir même de cette sombre nouvelle, et notre relation a pris un tournant... différent. Cependant, je sentais Jan frileux, presque trop prudent dans les gestes et les mots qu'il avait pour moi. J'ai appris très vite qu'il avait vécu un divorce douloureux deux ans plus tôt, dont il n'était pas sorti indemne. Mais il ne m'en avait pas parlé. Je ne l'ai jamais entendu prononcer le nom de son ex-épouse, et j'avoue n'avoir jamais tenté d'en discuter avec lui.

« Je crois qu'il n'était pas prêt à vivre sous le même toit qu'une autre femme, à cette époque. C'est la raison pour laquelle vous me trouvez à l'hôtel. Nous étions pourtant très liés. » Elle eut un sourire triste en relevant la tête vers Bridget. « Par la suite, nous n'avons pas eu beaucoup de temps à nous consacrer : Jan s'était ressaisi, soutenu par ses collègues, et tous se sont jetés corps et âme dans la dernière ligne droite.

– Je suppose que, la déconvenue digérée, ç'a dû être une course contre la montre.

– Absolument. Les instituts s'étaient transformés en de véritables forteresses, dans lesquelles on ne pouvait pénétrer qu'après un strict contrôle. Ils en sortaient à peine pour dormir et récupérer quelques forces avant d'affronter la journée du lendemain.

– Et les journalistes en étaient bannis...

– Bien sûr. Jan avait en plus exigé de moi que je ne fasse pas paraître mon article avant son feu vert. J'ai dû user de tous les arguments pour faire avaler la pilule à mon rédacteur. L'institut s'était transformé en une ruche inviolable, parce que l'essentiel des travaux de la troisième phase devaient être effectués à Copenhague. Cette phase consistait à trouver le moyen pour que le virus Sigma, porteur du gène du silence, reconnaisse les cellules qu'infecte le HIV. Pour cela, il fallait faire en sorte que ce virus produise et présente à sa surface des éléments qui se fixent aux récepteurs de ces cellules. L'équipe de Jan, qui avait beaucoup travaillé sur la structure membranaire des virus, était la mieux placée pour obtenir au plus vite les résultats escomptés.

– Le Moore Institute n'était plus concerné par cette phase ?

– Si, au contraire. Moore avait même prêté main-forte à ses collègues danois en leur envoyant un renfort. »

« Entre, Jan, nous t'attendions. »

Jesper m'accueille avec un sourire et referme la porte tout en me guidant amicalement par le bras jusqu'aux fauteuils qui font office de petit salon, dans son bureau.

Un homme y est déjà installé. Sans prendre la peine de se lever à mon approche, il répond à mon salut par un petit signe de tête et dirige son regard vers Jesper.

« Jan, voici Peter Smith, éminent généticien, qui nous vient de Chicago. Peter est délégué par notre partenaire américain pour nous aider dans la phase terminale de Silence. Le versant génétique de P3 a été largement entamé à Chicago en exploitant la détermination des protéines à faire apparaître à la surface du virus Sigma pour qu'il se fixe sur les cellules infectées – le résultat de tes recherches, Jan, en somme. Les gènes qui codent pour ces protéines sont maintenant intégrables dans le génome de Sigma.

« Peter est ici pour la phase ultime de conjonction de vos travaux respectifs : greffe de ces gènes et essais de fixation. » Jesper ajoute à l'intention du nouveau venu : « Votre aide va nous être précieuse, et nous vous en remercions. Permettez-moi de vous présenter le docteur Jan Helleberg, qui dirige le département de virologie de l'institut. Vous travaillerez en étroite collaboration avec son service, vous vous en doutez, compte tenu de la nature des travaux de cette dernière phase.

– Bienvenue, Peter. »

Smith se lève pour serrer la main que je lui tends. La poigne est ferme et sèche, à l'image de son physique. Il est grand, maigre et très droit dans un costume qui flotte un peu. Il a le nez busqué, le visage anguleux et ses paupières mi-closes filtrent un regard qui tombe de haut. En voilà un qui va détendre l'atmosphère ; encore un cadeau de Wallenberg, me dis-je, en ajoutant :

« N'ayez crainte, nous avons du travail pour dix, vous n'êtes pas venu pour rien, effectivement. » Je me tourne vers Jesper : « Je vais pouvoir prendre des vacances, finalement !

– Au lieu de rêver, je te le confie pour qu'il se

familiarise avec l'institut et qu'il prenne possession de ses quartiers », réplique Jesper, puis, à l'adresse de Smith : « Mon vieux, si vous passez l'épreuve du feu, c'est-à-dire les dix premières minutes à l'institut en compagnie du docteur Helleberg, vous supporterez tout. Bon courage. »

Je quitte le bureau, suivi de Smith, que rien n'a déridé.

Après un rapide tour d'horizon de la maison, qu'il semble regarder d'un œil distrait, je l'interroge :

« Vous venez du Moore Institute, n'est-ce pas ? Je présume que vous avez participé aux travaux des deux premières phases ?

– Partiellement, me répond-il, visiblement agacé par ma question. Le professeur Wallenberg m'a initialement confié d'autres travaux à l'institut avant de me demander de rejoindre l'équipe qui a la charge de Silence.

– Jonathan est plutôt liant, je suppose qu'il vous a rapidement intégré à l'ensemble...

– Pardon ?

– Jonathan... Le docteur Mattews !

– Ah, oui, le docteur Mattews. En dehors de la génétique, les services de Moore me sont un peu étrangers, encore.

– Bien sûr. »

Troublé par ses réponses évasives, j'accélère le train de la visite pour le mener au bureau qu'il doit occuper.

« Vous êtes ici chez vous, Peter. Max a fait le nécessaire pour que vous soyez relié au système informatique de la maison. Dès que vous serez installé, je vous indiquerai les différents mots de passe qui vous ouvriront l'accès aux dossiers qui vous intéressent. Mon bureau est à l'étage au-dessous, n'hésitez pas à m'appeler. Vous aurez ainsi l'occasion de faire connaissance avec ma charmante secrétaire, Helena. Jesper vous a menti : la véritable épreuve du feu, c'est elle. »

Je l'abandonne à son emménagement, gratifié enfin d'un sourire. Un tel miracle prouve l'évidence : il a déjà eu affaire à Helena.

Je rejoins mon unité, perturbé par ce premier contact avec Peter. Une impression désagréable qui me replace sur les rails de mon enquête, reléguée à l'arrière-plan depuis une semaine. On est déjà le 8 novembre et, depuis les tristes révélations que m'a livrées ma seconde vie au sujet de Kirsten, je n'ai plus eu envie de démasquer d'autres visages et de découvrir une réalité blessante : j'ai presque ressenti le besoin d'oublier l'enjeu de ce retour.

Je m'arrête au beau milieu des escaliers, déçu par l'engourdissement de ma motivation originelle. Serais-je en train de me résoudre à attendre ma mort, sagement ?

Je ravive ma détermination et descends rapidement les marches restantes. L'arrivée de Peter, aujourd'hui, me remémore un futur flou, mais fait de bouleversements qui m'incitent vivement, cette fois, à analyser de près le personnage. J'arrive dans mon bureau, enfin conscient du bien-fondé de mon retour, et c'est le policier Helleberg qui enlève sa blouse pour reprendre du service.

Sur le chemin, j'ai hésité à lui faire part de mes doutes. Mais nous sommes à la maison, maintenant, et la chaleur qui se dégage de son corps, la douceur qui émane de ses mots me donnent envie de tout partager avec elle.

« Je ne sais pas si je t'ai parlé de Peter, Lara.

– Non, je n'en ai pas le souvenir.

– Peter est de Chicago. Pour t'en brosser le tableau, représente-toi un portemanteau, aussi réjouissant qu'un corbeau. Il est censé nous donner un coup de main pour accélérer la réalisation des travaux de la troisième phase.

– Quel est son nom, dis-tu ?

– Smith. Peter Smith. Ça te dit quelque chose ?

– Laisse-moi réfléchir... A priori, non, mais je vais tenter de le retrouver dans des publications scientifiques. Si tu veux, je peux téléphoner à New York demain ; on a établi un fichier qui répertorie tous ceux de tes confrères qui ont déjà fait paraître un article dans notre revue ou qui figurent dans une interview. De quel département est-il détaché ?

– C'est précisément ce qui m'intrigue : c'est Moore qui nous l'envoie en renfort, figure-toi. Il est généticien ; par conséquent, il a forcément transité par le service de Mattews. Or, ce type ne connaît même pas son nom... Avoue qu'il faut pourtant peu de temps pour garder de Jonathan un souvenir impérissable, c'est vraiment étrange.

– Qu'en pense Jesper ?

– Je ne lui ai pas encore fait part de mon impression, mais on approche à grands pas des Communications immunologiques de Boston, en janvier, et

Jesper ne nourrit qu'une crainte : ne pas avoir terminé les travaux pour cette date, et perdre ainsi l'occasion de prendre sa revanche sur Gordon. C'est une telle obsession qu'elle prend le pas sur sa méfiance pourtant phénoménale, et il est prêt à accueillir à bras ouverts tout ce qui ressemble à de l'aide... »

Lara ne me répond pas. Elle s'est endormie. Dors, mon amour, tu as toute la vie devant toi. Moi, je n'ai plus que quelques semaines.

Peter m'a obsédé toute la nuit, et le lendemain matin, je sais que je ne m'en libérerai pas sans appeler Chicago.

« Jonathan, j'ai une mauvaise nouvelle pour toi...

– Encore ! ? Puis-je savoir pourquoi elle m'est réservée ? Vu la nature et la taille des mauvaises nouvelles qui ont déferlé ces derniers temps, je préférerais partager, vieux frère.

– Non, c'est ton ego qui va en souffrir. Sache que tu n'es plus la star incontestée du Moore Institute. Tu as vécu, c'est terminé.

– Tu plaisantes ? Je suis le chercheur le plus populaire de la maison !

– Peter Smith, ça te dit quelque chose ?

– Qui ? Permets-moi de te dire que le privilège d'une star, c'est d'être connu de tous, sans devoir connaître qui que ce soit. Il suffit de faire semblant, de temps à autre.

– Désolé de te décevoir : il ne te connaît pas non plus ; c'est bien ce qui m'ennuie.

– Ne t'inquiète pas, mon grand, j'ai tout un tas

d'autres groupies... Mais je ne saisis pas ce qui te chagrine ? »

Jan, souviens-toi des règles de ce jeu mystérieux auxquelles tu as accepté de te plier : à aucun moment, ton enquête ne doit risquer de modifier le cours des choses... Parce que l'histoire est l'histoire, et qu'éveiller des doutes chez ton confrère pourrait changer son comportement, et peut-être l'histoire, justement...

« Rien, j'ai dû mal comprendre, en fait. A bientôt, Jonathan. »

Il a raccroché, ajoutant au mystère qui entoure Smith. Et que Jesper ne dissipe pas, quelques minutes plus tard, lorsque je me décide à le sonder.

Je ralentis mon pas à quelques mètres de sa porte, freiné par une réflexion soudaine : pourquoi lui faire part de mes préoccupations ? Peter va passer quelque temps à nos côtés et il est indispensable de préserver un climat d'entente, que je troublerai forcément en inquiétant Jesper. Cela ne me fournira aucune indication supplémentaire sur notre homme, et mon objectif n'est pas de l'évincer, mais de démasquer son identité.

Je prends un air dégagé pour pénétrer dans le bureau de Jesper, qui lève son regard sur moi.

« Notre nouvelle recrue est installée ?

– Oui, et je l'espère opérationnelle rapidement. Mais Peter Smith ne me semble pas vraiment au courant de la tâche qui lui incombe dans cette dernière phase... »

J'ai su piquer Jesper au vif :

« Que veux-tu dire ? Wallenberg m'a assuré qu'il

avait une parfaite connaissance de nos travaux et de ce que nous attendons de lui.

– Jesper, tu sais que mon équipe a déjà fait son chemin : nous avons clairement identifié les récepteurs portés par les cellules infectées par le HIV, et déterminé les éléments que doit comporter la membrane du virus Sigma pour pénétrer aussi dans ces cellules. C'est à l'équipe de génétique, maintenant, d'entrer en piste et de greffer les gènes au sein de Sigma...

– Merci, Jan, je suis au courant de l'objet de nos travaux, figure-toi, coupe Jesper, agacé. Où veux-tu en venir ? »

Il est mûr, je peux obtenir ce que je recherche. L'œil en coin, je lâche :

« J'espère simplement qu'il le sait aussi bien que toi, c'est tout. Pour cela, j'ose croire qu'il a passé assez de temps au Moore Institute. »

Nous y sommes ; dis-moi tout, Jesper.

« C'est vrai que ce garçon n'a pas suivi les deux premières phases à Moore, dans la mesure où il n'y a pas travaillé. Mais il a, semble-t-il, fait des prouesses au laboratoire universitaire de Chicago. Wallenberg me l'adresse parce qu'il a entièrement confiance en ses capacités et je suppose qu'il ne lui confierait pas cette mission s'il ne l'avait pas parfaitement sensibilisé aux exigences de la tâche.

– D'accord, tu me rassures ; j'avais simplement retenu son arrivée récente à Moore, et je craignais qu'il ait du mal à prendre le train en marche... Bien, nous pouvons dormir sur nos deux oreilles ! »

Je sors. Les mots de Jesper ont ajouté à mon trouble. Si Smith n'a jamais travaillé à Moore, pourquoi m'a-t-il affirmé le contraire ? Peut-être songeait-il, en disant cela, à sa familiarisation avec Silence, dont il aurait bénéficié auprès des généticiens de Moore ; mais dans ce cas, pourquoi Mattews lui est-il inconnu ? Et pourquoi Jonathan n'a-t-il jamais entendu parler de lui ?

Jesper s'est manifestement contenté de la recommandation de son homologue américain. Tout comme moi, la première fois, que rien chez Peter n'avait inquiété.

Je ne sais pas qui est Peter Smith, mais maintenant je sais qu'il est un personnage opaque. Peter Smith ment, et je comprends mieux les troubles à venir.

Parce que, si mes souvenirs sont flous, je sais malgré tout, pour l'avoir déjà vécu, que de lui viendra le drame.

6

« Peter Smith ? demanda Bridget. Jan vous avait déjà parlé de lui ?

– Non, pour la bonne raison que lui-même ne le connaissait pas. Smith n'avait rejoint les membres de Moore que depuis très peu de temps, et il était effectivement étonnant que Chicago le délègue lui, plutôt qu'un pilier de l'institut.

– Si je comprends bien, Sorensen a laissé un illustre inconnu intégrer son équipe dans un tel climat de méfiance ?

– Votre surprise était partagée, mais, d'après Jan, Jesper était prêt à tout pour optimiser le rendement des travaux en cours. Il tenait à tout prix à s'assurer une avance considérable sur son concurrent, et Wallenberg se portait garant de la qualité de Smith. Les premières impressions de Jan n'étaient pas franchement favorables, et j'étais inquiète pour lui : le poids du travail qui lui incombait ne pouvait pas souffrir la moindre dégradation au sein de l'équipe.

– Vous voulez dire que la cohabitation a été difficile, dès cet instant ?

– Non, contre toute attente, Jan a peu à peu

apprécié sa rigueur, sa pondération et il en est même venu à éprouver pour lui une certaine sympathie. De plus, il s'est révélé remarquablement efficace, et Jan ne m'a jamais parlé de friction entre eux.

– La méfiance de Jan se serait donc progressivement estompée. Mais vous, Lara, qu'en pensiez-vous ? Avez-vous fait la connaissance de Smith ?

– Non, je n'ai donc pas pu me former ma propre opinion sur lui : Smith est arrivé à Copenhague le 8 novembre, si mes souvenirs sont bons, et je reprenais l'avion pour New York deux jours plus tard. Mes obligations professionnelles m'ont retenue aux États-Unis jusqu'au 6 décembre, date à laquelle Jan m'a annoncé le retour imminent de son collègue à Chicago.

– Après un séjour d'un mois ? C'est curieux.

– Smith n'était là que pour prêter main-forte à l'équipe de génétique de Copenhague et pour faciliter la réunion des résultats des deux instituts. Il s'était, semble-t-il, acquitté de cette mission avec brio, et les travaux de la troisième et dernière phase étaient en passe d'être achevés. Sa présence n'était donc plus nécessaire. »

Lara fit une pause pour tenter de retrouver les dates exactes et précisa :

« Le 7 décembre, Jan organisa une petite fête pour saluer l'effort de Smith et clore son séjour, puisqu'il quittait Copenhague le lendemain... Oui, c'est bien ça ; c'était il y a neuf jours. »

Neuf jours !... Elle se tut, trouvant sans doute son effort dérisoire. Bridget eut un mouvement vers elle, presque imperceptible ; elle s'en voulait d'obliger la jeune femme à réaliser cette reconstitution policière. Mais Lara reprit la parole ; elle n'avait manifestement pas envie qu'on s'apitoie sur son sort.

« Ce même jour a été marqué bien plus dramatiquement que par le départ de Smith. Jan est rentré totalement anéanti ce soir-là... Les résultats obtenus alors que la troisième phase était en passe d'être achevée avaient tout bonnement disparu.

– Comment cela ?

– J'ai cru mal entendre lorsque Jan me l'a annoncé. Le 8 décembre, à la première heure, Max Hoelstad, le responsable du département informatique, leur a appris que toutes les données saisies étaient effacées de la mémoire du central, et que le CD-Rom sur lequel il avait stocké ces données s'était volatilisé ! Jan était livide. Il est resté muet tout le reste de la soirée. »

Bridget lâcha son carnet et s'adossa au fauteuil dans un mouvement d'abandon. Elle fixa Lara quelques secondes.

« Je suppose que la thèse la plus évidente, celle qui vient immédiatement à l'esprit, a dû être partagée par tout le monde ?

– Pour tous il n'y avait pas l'ombre d'un doute : Peter Smith était parti en emportant les informations. Il savait l'étude pratiquement achevée, il y avait accès sans difficulté et connaissait mieux que quiconque les données importantes. Il lui restait à se servir, quelques heures avant de quitter les lieux. »

Bridget eut un sourire.

« Et il s'est évanoui dans la nature, je suppose... »

Cette nuit, je me suis réveillé en sursaut. J'étais couvert de sueur, comme au sortir d'un cauchemar. Mais ce n'était pas un cauchemar. J'aurais pu parler de vision prémonitoire, si je n'étais pas un revenant, mais voilà, les événements qui m'attendaient ce matin avaient simplement parasité mon sommeil par anticipation. J'ai rêvé de ma journée à venir comme d'autres revivent la nuit les mauvais moments de la journée écoulée...

C'est sans doute la raison pour laquelle je peux garder mon calme, maintenant, alors que Jesper est pétrifié. Il résume, la voix étranglée :

« En somme, tout a disparu : sur tes écrans, tes mémoires..., et même dans tes saloperies d'archives ! » hurle-t-il en frappant du poing sur la table.

Le visage décomposé, Max articule péniblement :

« J'ai tout essayé ; le service entier a déferlé sur tous les terminaux de la maison pour déceler un blocage quelconque... On s'arrache les cheveux depuis sept heures ce matin, à mon arrivée, mais rien, on ne trouve absolument plus rien. C'est inconcevable, je ne sais pas, je ne sais vraiment pas... »

Max tourne la tête dans ma direction, désemparé.

« Max, peut-il s'agir d'une panne du système informatique ?

– Non, Jan, j'en doute, puisque... »

Il n'achève pas sa phrase. Jesper se retourne en un éclair, ulcéré, pour le couper violemment :

« Des doutes ! Je me moque de tes doutes ! Donne-nous des certitudes, bon sang ! Avec tes suppositions, on n'ira pas aux Communications de Boston, tu comprends cela, Hoelstad ? Retrouve ces maudits résultats, c'est tout ce qu'on te demande ! »

Son intervention nous glace, ajoutant à la tension déjà forte. Je le dévisage : Jesper ferme les yeux ; la tête et les épaules baissées, le dos voûté, il est l'image même du plus total abattement.

Max est resté immobile, les traits crispés. Conservant difficilement son sang-froid devant Jesper, il continue l'explication :

« Il ne peut pas s'agir d'une panne, Jan. D'abord, parce qu'elle aurait été enregistrée et décelée ; ensuite, elle ne peut pas être sélective au point de n'effacer que les fichiers sensibles de la troisième phase.

– Un petit malin aurait-il réussi à pénétrer notre système par un piratage de génie ?

– Non plus. Tu t'en souviens certainement, je t'ai expliqué que nous sommes équipés d'un outil de détection d'intrusion spécifique. Mon premier réflexe a été de le consulter lorsque j'ai pris conscience de la disparition des informations ; il n'a noté aucune intrusion dite "sauvage", provenant de l'extérieur. » Max nous scrute du regard avant d'ajouter, la voix presque éteinte : « Non, il s'agit certainement d'une manipulation interne. »

Jesper s'est assis, plus calme, et l'écoute attentivement. Max se détend et poursuit :

« Le logiciel comporte une fonction d'audit qui répertorie les manipulations effectuées sur tous les terminaux. Lone, Christian et moi avons tout passé en revue ; trois consultations ont été faites en pleine nuit. Sans aucune violation de code ni tentative de contournement des mots de passe...

– Il m'arrive de travailler très tard et de consulter les fichiers sur ma machine, Max.

– Je le sais, j'ai clairement identifié les pénétrations du système correspondant à tes consultations, Jan : j'ai comparé avec le registre informatique du contrôle des entrées et sorties au sein de l'institut. Les soirs où les trois consultations dont je parle ont été effectuées, ni Jesper ni toi n'étiez présents. Je peux même vous dire à quelle heure le lecteur magnétique a enregistré votre passage de badge, au portail de l'institut.

« Quant à la dernière de ces trois consultations, elle a eu lieu hier soir, 8 décembre, à 23 h 40. Dans mon service, sur le central... et quelques minutes après qu'on avait pénétré dans le local où sont stockés disques et disquettes. La caméra qui y filme les allées et venues a été masquée : on devait en connaître l'emplacement ; cependant, le local est également protégé par un Digicode qui enregistre, lui aussi, la date et l'heure des mouvements au niveau de ces archives. »

Jesper secoue la tête, sans prononcer un mot. Je profite de son abattement pour continuer :

« Max, pourrais-tu rapidement faire le bilan de ce qui a disparu ?

– C'est déjà fait : douze fichiers ont disparu de la mémoire ; l'essentiel, en somme, des résultats de P3. Notre homme savait précisément ce qu'il fallait sélectionner dans la masse des informations saisies : l'indispensable... L'indispensable pour nous aussi, hélas. »

Jesper relève la tête et intervient enfin :

« Max, comment se fait-il que tu n'aies pas ces informations disparues sur disquette ou un autre support ? »

Max s'empourpre.

« Je réalise toujours une copie des données stockées en mémoire, et en deux exemplaires, de surcroît, par mesure de sécurité. Ce n'est que lorsque la deuxième copie est effectuée que j'efface le contenu des fichiers de la mémoire de l'ordinateur, afin de les soustraire aux regards indiscrets...

– C'est réussi, coupe Jesper en se frottant la barbe.

– Je n'ai pas eu le temps de réaliser la deuxième copie ; on ne grave pas un CD-Rom comme on copie une disquette. C'est pour cette raison que tous les résultats se trouvaient encore en mémoire. »

Il observe un silence avant d'assener le coup de grâce :

« C'est cette unique copie que le type a dérobée au préalable dans le local où sont stockés les disques. En somme, il s'est emparé de tous les travaux avant d'en effacer le principal sur ma machine. Sans commettre la moindre effraction, que ce soit au niveau des locaux comme du système informatique. »

Son message implicite est clair, mais, vu l'absence de réaction, il reprend :

« Il nous reste bien sûr tous les supports manuscrits qui ont servi à l'élaboration des dossiers informatiques. Ça prendra sans doute du temps, mais peut-être qu'en mobilisant tout le monde, on pourrait reconstituer une partie... » Il n'achève pas la proposition, qu'il sait totalement illusoire, et il explose : « Jan, Jesper, ce gars connaissait parfaitement le contenu des dossiers et tous les codes de protection... Il est impossible qu'il soit étranger à la maison ! »

Max nous dévisage, et finit par baisser les yeux, face à ce silence pesant. Nous avons tous les trois le même nom à l'esprit, que personne ne prononce. Il ajoute enfin, d'une voix presque inaudible :

« Je suis désolé, je considère cependant tout cela comme le résultat d'une grave négligence de ma part. J'aurais dû rendre prioritaire la réalisation de la deuxième copie des résultats de P3. Jesper, je te ferai parvenir ma lettre de démission dans la journée. »

A ces mots, Jesper retrouve l'instinct protecteur qui a toujours inspiré son comportement vis-à-vis du personnel de l'institut. Il réplique avec un sourire bienveillant :

« Au lieu de dire des âneries, essaie de regrouper les malheureux fichiers que ce monsieur a bien voulu nous laisser, en bon prince, et tiens-nous au courant. »

Max sort. Dans son regard se lisent à la fois le soulagement et la reconnaissance pour ce qu'il estime être une disculpation.

Nous restons seuls, Jesper et moi, et son sourire s'évanouit.

« Jan, je suppose qu'il est absolument hors de

question de reconstituer quoi que ce soit en un mois, n'est-ce pas ? »

Il n'attend pas ma réponse et se lève pour se diriger vers la fenêtre.

« A quoi bon, de toute manière ? Ces salauds ont maintenant presque tous les éléments dont ils ont besoin pour parfaire Sigma... »

Jouant la naïveté, je lance timidement :

« Jesper, Max a raison, le coupable est forcément dans nos murs... ou l'a été. »

En guise de réponse, il fait glisser dans ma direction un relevé du journal d'audit.

« Les deux premières consultations nocturnes qu'a évoquées Max ont été relevées sur le terminal du bureau attribué à Smith. Celle d'hier soir a eu lieu à 23 h 40, bien après le verre d'adieu donné en l'honneur de cette ordure...

– ... qui a prétexté avoir encore quelques affaires à rassembler avant de partir, et j'avoue n'avoir pas trouvé la chose suspecte. Jesper, as-tu déposé plainte ou déclenché une quelconque procédure ?

– Smith a décollé il y a belle lurette, et rien ne me permet pour l'instant d'intenter quoi que ce soit contre lui. Et quand ce sera possible, il n'y aura sans doute plus de traces du docteur Smith... J'avoue en outre ne même pas savoir à qui m'adresser. Par ailleurs, il est peut-être plus prudent de ne pas ébruiter l'affaire trop tôt. » Il se précipite cependant sur son téléphone. « Je vais tout de même appeler Frank Jordan, le juriste qui s'occupe des brevets scientifiques. Il pourra peut-être nous aiguiller.

– Appelle surtout Wallenberg pour le féliciter d'avoir su faire un choix aussi judicieux. »

J'abandonne Jesper et quitte l'institut.

Dans la voiture, je me surprends à arborer un sourire. Satisfait, Jan Helleberg ? Qu'y a-t-il de si réjouissant ?

Bien sûr, la Vie honore son contrat : tout se répète, sans le moindre écart. Je suis le témoin vivant d'un passé respecté à la lettre ; il s'est juste transformé en présent pour moi. Les drames sont devenus des remakes, ils n'ont plus le même impact sur moi, soit, mais de là à en rire... Serais-je devenu cynique ?

Je devrais plutôt être frustré de constater que tous mes efforts me confirment des sentiments que je n'avais pas pris au sérieux la première fois, mais que j'avais déjà éprouvés : je m'étais déjà méfié de Kirsten, puis de Peter.

Non, je n'éprouve aucune frustration. Je souris parce que je sais que rien n'est joué encore. J'apprends tout doucement qu'une enquête est faite d'un assemblage de petits détails troublants, de renversements de situation. La mienne ne fait que démarrer, patience. Les prémices n'ont pas été très substantielles, mais c'était mon rodage, mon épreuve du feu. Des flashes isolés vont bientôt se recouper, s'assembler pour former une seule image, qui me racontera ma mort.

Je sais tout cela, parce que je sais ce qui m'attend, je sais que rien n'est terminé, loin de là.

Il est 19 heures. Lara s'affaire dans le salon, cherche un journal, se lève pour surveiller la cuisson du repas. Elle vit une soirée normale.

Moi, je suis sur le qui-vive. Je guette l'arrivée d'un futur proche, pas vraiment inconnu, qui se fait attendre. J'en viens à me dire que la Vie a changé d'avis pour me punir de la décontraction que j'affiche, quand le téléphone sonne. Enfin. Je trouve le moyen de trembler, malgré tout, en décrochant le combiné.

« Helleberg.

– Bonsoir, Jan. »

Je sens, je sais que c'est lui. Je me le rappelle. Mais je ne suis pas sûr, pourtant, de reconnaître sa voix. Il poursuit :

« C'est Peter, Peter Smith à l'appareil. »

Un rapide coup d'œil en direction de Lara : elle est en pleine conversation avec une casserole.

« Où êtes-vous, Smith ?

– Vous allez pouvoir me rejoindre dans une demi-heure, Jan. Nous discuterons plus aisément, je pense.

– Mais où, bon sang ?

– Gardez votre calme, surtout si vous n'êtes pas seul. Retrouvons-nous au Finley's, à l'angle de Vester Voldgade et Studiestraede.

– C'est à l'autre bout de la ville, et ce n'est pas le coin le plus discret qui soit.

– Cela vous gêne ? Auriez-vous quelque chose à cacher, Jan ? Un document, une disquette ? »

Son rire me glace. Je réponds sèchement :

« A 20 heures, au Finley's.

– Je n'aurai pas d'œillet rouge à la boutonnière, mais vous me reconnaîtrez, j'en suis sûr... Jan ?

– Oui. Je vous écoute, même si je ne trouve pas vos plaisanteries très subtiles.

– Jan, venez seul. »

Il a raccroché, et je reste immobile, avec une angoisse qui remplace progressivement mon enthousiasme récent. Je n'ai pas le temps de retrouver mes esprits : je sens une main ferme se poser sur mon épaule. J'agrippe violemment le poignet pour le détacher de moi et me relève d'un bond. Je suis face à Lara.

« Tu es fou ? ! Jan, qu'est-ce qui te prend ? »

Je soupire en fermant les yeux, pris de palpitations.

« Excuse-moi, j'étais perdu dans mes pensées et tu m'as effrayé... Je ne t'ai pas fait mal, mon amour ? »

Je la prends dans mes bras, mais elle desserre doucement mon étreinte.

« Jan, que se passe-t-il ? Je ne t'ai jamais vu aussi tendu. » Elle sourit, et se reprend : « Je suis stupide, pardon. Tu es à bout de nerfs et je devrais le comprendre : les événements dramatiques de la journée t'ont secoué. »

C'est elle qui m'enlace cette fois, cherchant les mots qui me réconforteraient :

« Écoute, Jan, je ne vais pas te dire que la disparition des résultats n'a pas d'importance. C'était le fruit d'un énorme travail, la perte est considérable, tout comme ta déception ; je suis consciente de tout cela. Mais tu n'as jamais été homme à ruminer les causes perdues, tu sais tourner la page, tu... »

Je ne la laisse pas finir :

« Lara, la page en question n'est pas terminée. Peter Smith vient de m'appeler. »

Lara recule d'un bond.

« Quoi ? Qui ? Smith ? Il est à Copenhague ? Qu'est-ce qu'il t'a dit ?

– Rien, justement. Il m'a donné rendez-vous.

– Tu ne vas tout de même pas y aller, Jan... »

Je commence à enfiler ma veste quand elle me l'arrache des mains, tremblante.

« Tu as perdu la tête ? Jan, il est hors de question que tu y ailles, j'ai peur, je ne veux pas ! » Elle m'attrape par le bras et me secoue de toutes ses forces. « A quoi joues-tu, Jan ? Ouvre les yeux ! Ce type vous a probablement menti pendant un mois pour finir par anéantir votre travail, et tu t'apprêtes à le retrouver sur un simple coup de fil de sa part ! »

Elle lâche mon bras ; je lis une immense frayeur sur son visage. Elle reprend, la voix étranglée :

« Jan, téléphone à la police et préviens-les de son appel... Tu ne sais pas ce qu'il est, ce dont il est capable. » Elle se met à arpenter le salon et se retourne vers moi. « Jan, tu es médecin, je suis journaliste, tout devient trop compliqué, j'ai peur, ce n'est plus de notre ressort. N'y va pas, je t'en prie.

– Ne t'inquiète pas, nous avons rendez-vous au Finley's, il y aura du monde, il ne peut rien m'arriver. Smith veut sans doute négocier un échange ou une restitution sous condition... Que pourrait-il faire d'un mort, dans ce cas ? »

En prononçant ces derniers mots, j'ai un petit sourire qu'elle prend sans doute pour de l'inconscience. Son visage est moite, elle est terrorisée quand je l'embrasse.

« Je suis de retour dans peu de temps. »

Je n'aime pas ce bar. Le Finley's est sombre, long et sinueux, fait de multiples recoins enfumés, et de surcroît toujours bondé. Je m'enfonce malgré tout dans la masse agglutinée contre le bar pour progresser jusqu'au fond de la salle.

Smith est bien là, installé à une table dans un renfoncement, légèrement en retrait de la foule d'habitués qui transitent par ici pour boire une bière avant de regagner leur domicile. Il est de dos, mais il doit sentir ma présence. Il se retourne au moment où j'approche de sa table et me fait un signe de la main.

Je prends place en face de lui, tandis que je le vois jeter un coup d'œil rapide autour de moi et vers l'entrée du bar. Ses traits, tendus, se décontractent ensuite, et il appelle le garçon. J'engage la conversation :

« Alors, encore à Copenhague, Smith ? Vous devez être attendu, chez vous, à l'institut. »

Mon ironie le fait vaguement sourire. Il fixe son verre, prenant le temps de déterminer le ton du dialogue qu'il va entamer. Le silence devient embarrassant ; c'est sans doute ce qu'il cherche. Il se décide enfin :

« Jan, évitons les convenances comme les railleries. Je ne suis pas venu pour une joute verbale, et vous n'êtes pas d'humeur à plaisanter autour d'un verre. » Il interrompt sa phrase en regardant le garçon qui dépose nos verres et s'éclipse rapidement. Il enchaîne : « Je sais ce que vous pensez de moi, et je peux le comprendre, compte tenu des circonstances. »

Je ne vois pas où il veut en venir, mais je le trouve trop retors pour répondre. Je le laisse continuer :

« Vous vous trompez à mon sujet... »

Je reste sur son terrain, celui des allusions :

« Je ne demande qu'à vous croire, Peter. »

Smith décide alors d'être plus incisif :

« C'est moi qui ai dérobé le CD-Rom à l'institut. »

Il a gagné. Piqué au vif, je réplique :

« Désolé de vous décevoir, mais nous n'avons pas pensé un seul instant que vous n'étiez pas le pourri qui a fichu en l'air deux ans d'efforts ! »

J'ai tapé du plat de la main sur la table. Peter retient son verre et répond sur un ton glacial :

« Calmez-vous et écoutez-moi, Helleberg. Vous n'avez rien compris, c'est la raison pour laquelle je vous ai donné ce rendez-vous. Je n'ai pas dérobé ce CD dans un but malhonnête. Cela dit, je peux difficilement vous reprocher de penser le contraire, après les déboires que vous a fait subir votre concurrent à l'occasion de la découverte de Sigma. » Après un court instant, il ajoute, plus grave : « Et je doute que Jesper Sorensen soutienne devant vous une autre théorie. »

Je perds patience, irrité par son hypocrisie :

« Smith, qu'êtes-vous en train de me faire avaler ? Que le nom de Gordon vous est étranger et que vous avez subtilisé nos résultats pour avoir le privilège de réaliser le projet Silence en privé, chez vous ? Soyons clairs, et laissez tomber les masques. Dites-moi simplement ce que vous attendez de moi, puisque je suppose que vos chemins détournés mènent à ça... »

Avec un sang-froid déconcertant, Smith vide son verre pendant que j'épanche ma rage, et reprend :

« Avez-vous déjà entendu parler du General Accounting Office ? »

Il ne manquait plus qu'une leçon sur les institutions américaines ! Smith doit se rendre compte de mon agacement.

« Je serai rapide, n'ayez crainte. Il s'agit de l'organe d'enquête du Congrès américain. Il est depuis quelques années sollicité pour estimer les répercussions économiques des affaires d'espionnage industriel qui prennent une ampleur démesurée, principalement depuis la disparition des frontières et l'arrivée de concurrents étrangers sur des terrains que l'on croyait réservés. Cependant, le GAO a dû renoncer à son étude, face à la réticence des entreprises américaines espionnées : elles refusent d'en parler, de crainte que leurs révélations nuisent à leur réputation ou minent la confiance de leurs actionnaires. C'est la raison pour laquelle l'enquête a fait appel, depuis, aux services de renseignements du gouvernement américain, afin de poursuivre, secrètement cette fois, les investigations. »

J'écoute Smith parler, prudent et curieux en même temps. Il doit sentir mon intérêt aiguillonné ; il enchaîne :

« J'en arrive enfin à Silence. Les enjeux économiques qui résultent de la recherche scientifique dans le monde des laboratoires pharmaceutiques ne sont plus à préciser : vous les connaissez aussi bien que moi. Ces géants sont par conséquent dans le collimateur des enquêteurs. Silence a simplement permis d'enclencher un dispositif déjà mis en place depuis longtemps.

« La découverte du gène du silence par deux équipes conjointes a fait beaucoup de bruit ; d'abord parce qu'il s'agissait de deux laboratoires publics, ensuite parce qu'elle risquait d'avoir des retombées financières importantes. C'est le deuxième point qui a rendu les enquêteurs vigilants, voyant en votre projet un appât pour d'éventuels concurrents malveillants.

« Lorsque Gordon a annoncé l'aboutissement de la deuxième phase du projet, avec la détermination de Sigma, la presse spécialisée elle-même n'a pas caché son étonnement. C'est la neutralité à laquelle elle doit se soumettre et peut-être quelques pressions qui l'ont retenue de formuler des accusations d'espionnage à l'encontre du laboratoire américain... Cependant, ce que la presse n'a pas pu faire, l'institut de Chicago ne s'en est pas privé : le professeur Wallenberg a déposé une demande d'enquête qui a atterri sur les bureaux de la NSA. La National Security Agency, précise-t-il en observant mon air interrogatif.

« La NSA est spécialisée dans le décryptage et l'élaboration de codes secrets, et on l'a mise à contribution dans le domaine de l'espionnage industriel utilisant le support informatique. Après avoir analysé la situation, elle a décidé, avec l'accord tacite du professeur Wallenberg, de placer un agent dans votre institut pour déceler une éventuelle fuite d'informations, ce qui est l'hypothèse la plus plausible, compte tenu de la nature des données qui vous ont probablement été dérobées il y a deux mois et qui n'auraient pas pu être obtenues autrement. Je pense que maintenant les choses vont être plus claires pour vous, Jan. »

Je me renverse sur ma chaise, les yeux au ciel.

« C'est le mot, Smith : clair comme de l'eau de roche. Soit vous êtes le plus grand menteur sur terre, soit vous êtes totalement mythomane. Si c'était pour satisfaire vos talents de conteur, vous auriez mieux fait de me laisser chez moi ce soir.

– Helleberg, ouvrez les yeux. Je suis en train de vous expliquer que non seulement Gordon vous a volé des informations, mais qu'il l'a fait grâce à un espion bien introduit dans votre équipe. Je suis venu à Copenhague pour confirmer nos soupçons et mettre à l'abri les résultats de P3 avant qu'ils soient communiqués à votre concurrent. C'est la raison pour laquelle j'ai dérobé le CD-Rom. »

Déstabilisé par le ton froid qu'il utilise comme par ses affirmations, je me penche vers Smith et le pousse au bout de ses révélations :

« Je suppose que vous avez un suspect... Voudriez-vous signifier que je suis assez stupide et corrompu pour avoir fourni des informations à Gordon ?

– Non, je ne pense pas que ce soit vous. En revanche, nous avons de bonnes raisons de croire que c'est Sorensen. »

Sa déclaration me sidère.

« Parce que vous trouvez que Jesper a plus d'intérêt que moi à saboter le travail de l'institut ? Voyons, Smith, vous êtes drôle, mais vous êtes surtout ridicule.

– Je vous souhaite de ne pas vous sentir plus ridicule, vous, lorsque vous aurez pris conscience de la réalité. » Et, face à ma moue dubitative, il ajoute : « En tout cas, je vous espère ridicule plutôt que mort. »

Il n'a pas réussi à me convaincre.

« Bon sang, Smith, donnez-moi une seule bonne raison qui justifierait le comportement aberrant et abject de Sorensen !

– L'argent, Jan. Une énorme somme d'argent. Assez pour estomper l'amour-propre comme les idéaux scientifiques d'un homme bien moins scrupuleux que vous ne l'estimez... »

Décontenancé, je cherche la faille d'un raisonnement qui me paraît aussi délirant qu'effrayant.

« Voulez-vous me dire, alors, pourquoi Jesper ne s'est pas servi plus tôt des résultats de P3, avant que vous ne veniez y faire du ménage ?

– Parce que l'étude de cette dernière phase n'est pas totalement achevée et que, sans votre touche finale, on ne peut rien faire avec les données actuelles. Il n'avait par conséquent aucun intérêt à les dérober plus tôt. Sans compter qu'il était judicieux de le faire en une seule fois, pour ne pas éveiller de soupçons.

– Vous avez donc dérobé le CD pour mettre nos informations à l'abri du grand méchant loup, après avoir pris soin de tout effacer pour que ce ne soit pas exploitable... Mais, mon cher, vous êtes un justicier de l'ombre ! Smith, allez-vous cesser votre jeu ?

– Un jeu qui vous échappe totalement, Helleberg. Pour tout vous dire, je me doutais bien que vous refuseriez d'admettre une thèse qui bouleverse autant vos certitudes que vos valeurs morales. Dans votre esprit, il est plus acceptable de croire que Gordon vous a subtilisé des informations concernant la deuxième phase de Silence. Il a ensuite contourné vos mesures de protection en introduisant un Peter Smith qui prend la tangente en vous soulageant de quelques fichiers... C'est plus facile, en effet, je vous comprends. »

Je me lève, excédé. Il me retient fermement par l'avant-bras.

« Très bien, Helleberg, j'ai quelques éléments à vous fournir. Des preuves de ma bonne foi. Je vais vous faire parvenir un dossier concernant les antécédents de votre directeur ; il s'agit d'éléments juridiques relatant les litiges et contentieux qui ont opposé quelques entreprises à des firmes privées, à quelques organismes d'État, et même au gouvernement. Ce sont des textes plus ou moins confidentiels, émanant d'archives de tribunaux, exposant les procès et les arrêtés des magistrats. Certains aboutissent à des condamnations pour des actes jugés répréhensibles. Il est vrai que tous ces procès n'ont visé que ces entreprises malveillantes, mais il est tout de même curieux de constater qu'elles ont un dénominateur commun : elles ont toutes, à un moment ou à un autre, utilisé les compétences de Sorensen au sein de leurs effectifs. »

Je cherche à intervenir, mais Smith ne m'en laisse pas la possibilité ; il coupe mon élan d'un geste impérieux, en poursuivant :

« Vous allez sans doute m'opposer le fait qu'aucune de ces accusations ne pèse directement sur lui. C'est exact. C'est la raison pour laquelle je tiens à vous dire que je suis en possession de renseignements concernant plus particulièrement Sorensen, mais je n'ai pas encore l'autorisation de vous les communiquer. Ils ne constituent pas des preuves irréfutables de sa culpabilité, parce qu'il est très habile, mais on peut difficilement en douter. Silence nous permettra peut-être d'en avoir la certitude... Mais j'ai beaucoup mieux à vous offrir, en gage de sincérité : je vais vous restituer le disque. »

Il profite de mon étonnement pour ajouter :

« Mais ce n'est que la première partie d'un contrat, vous devrez aussi respecter la deuxième. Lorsque vous aurez récupéré le CD-Rom, rendez la suite de vos travaux inaccessible à tout autre que vous, Jan. Et surtout, n'évoquez sous aucun prétexte notre rencontre devant qui que ce soit.

– C'est un chantage ?

– Non, c'est un conseil. Pour vous protéger. Tant que vous n'aurez pas fourni les derniers éléments, cruciaux, de vos recherches, vous serez en sécurité. Après...

– Puis-je savoir quand vous aurez la bonté de me rendre le disque ?

– Ne vous inquiétez pas, vous l'aurez très bientôt. »

Il se lève sur ces mots, et me tend la main avant de partir.

« Soyez prudent, Jan. Ce n'est pas un vulgaire jeu. »

Il s'éclipse dans le brouhaha et je reste partagé entre l'amusement, le doute et la crainte.

La scène s'est reproduite à l'identique, mais cette fois j'ai plus d'éléments pour savoir quoi en penser. La thèse soutenue par Smith est cohérente ; elle explique mieux le comportement surprenant de Wallenberg et le fait que Smith n'ait pas fait de séjour au Moore Institute. Par ailleurs, si Smith était à la solde de Gordon, pourquoi serait-il resté à Copenhague ?

J'ai pourtant du mal à imaginer qu'un homme aussi passionné, aussi intègre et entier, en apparence, que Jesper puisse porter la casquette de taupe au sein de l'institut. Et, à bien y réfléchir, les arguments que Smith a avancés pour justifier le comportement qu'il attribue à Jesper lui sont applicables : s'il est en réalité l'espion de Gordon, il va me restituer le disque parce que Gordon ne peut pas l'exploiter tel qu'il est, presque achevé mais incomplet. Et il jouera ce double jeu jusqu'au moment où il aura récupéré le CD-Rom enfin complété...

Je finis par me dire, déstabilisé par ces hypothèses contradictoires, que les recommandations de Smith sont peut-être la seule chose à retenir : quel que soit le coupable, et si Smith me restitue réellement la disquette, j'ai intérêt à mettre à l'abri les conclusions de P3 lorsque je les aurai établies. Tant que le CD complet ne sera pas à la portée de Gordon, je n'aurai rien à craindre. Après, comme dirait Smith...

Quand je m'apprête à quitter le bar, je réalise que, pour la première fois, mon enquête laisse entrevoir une explication à ma fin tragique ; ma mort aurait enfin un mobile.

Sur le pas de la porte, à la lumière plus crue des réverbères et libéré de l'atmosphère enfumée, quasi suffocante, je regarde ma montre : il est presque 22 heures. Lara doit être folle d'inquiétude ! Je me mets à courir jusqu'à la voiture, en prenant la ferme décision de lui en dire le moins possible. Les événements prennent une tournure qui met en danger les personnes trop impliquées... Il est hors de question que je lui fasse courir le moindre risque.

7

Lara posa sa tasse pour répondre à Bridget :

« Tout le monde imaginait effectivement que Smith se volatiliserait après son tour de passe-passe. En réalité, il n'avait pas quitté Copenhague. Le soir même où Jan m'a annoncé la disparition des résultats de la troisième phase, le téléphone a sonné chez lui : c'était Smith...

– Smith ? Alors qu'il était censé avoir pris l'avion pour Chicago tôt le matin ?

– Oui, il a proposé à Jan de le rencontrer une demi-heure plus tard en ville.

– Lui a-t-il précisé le but de ce rendez-vous ?

– Non, justement, Smith est resté énigmatique, et l'idée que Jan puisse s'y rendre me terrifiait...

– Il y est pourtant allé ?

– Bien sûr, malgré tout ce que j'ai pu dire. Il estimait qu'il ne courait aucun danger, sous prétexte que le rendez-vous avait lieu dans un bar très fréquenté. »

Bridget resta songeuse quelques instants, tandis que Lara la dévisageait, cherchant à deviner ce qu'elle pensait.

« Bridget, si vous entrevoyez quelque chose qui m'aurait échappé, par manque de recul ou d'objectivité, dites-le-moi, je vous en prie... N'oubliez pas, vous m'avez promis une réflexion commune ! »

Bridget se redressa alors ; ses yeux brillaient, donnant à son visage une expression étrange.

« Lara, cette fois, c'est le comportement de Jan qui m'intrigue. Puis-je être franche ? » Elle n'attendit pas la réponse et poursuivit : « Récapitulons, si vous le voulez bien. Au mois de septembre déjà, le docteur Helleberg sait que ses travaux font l'objet d'une concurrence acharnée. Il en a la preuve douloureuse début novembre, avec l'annonce de Gordon, qui le double sur Sigma grâce à des méthodes douteuses qui ne trompent personne. Les équipes prennent des mesures drastiques en matière de protection et, malgré cela, un type inconnu au bataillon s'installe à l'institut le temps de faire son choix et d'emporter des informations cruciales la veille de son départ. Le lendemain, ce même type propose à votre ami d'aller prendre un verre et Jan y va les mains dans les poches, sans prévenir la police et sans craindre quoi que ce soit. Avouez que c'est troublant, non ?

– C'est vrai. Mais Jan avait une certaine estime pour Smith et il faisait naïvement partie de ceux qui laissent une chance aux gens, quel que soit leur comportement. J'étais folle d'inquiétude à son départ, mais il est revenu indemne au bout de deux heures interminables.

– Jan était inconscient, c'est un fait ; mais vous,

Lara, pourquoi n'avez-vous pas prévenu la police, si vous étiez si inquiète ? »

Lara manifesta une surprise qui déconcerta Bridget :

« Bridget, je *devais* respecter la décision de Jan ! En moi aussi, il avait confiance, vous savez... »

Bridget se sentit mal à l'aise devant la loyauté de son interlocutrice, alors qu'elle-même cherchait sans cesse à dénicher les vices des personnages. Pour chasser son embarras, elle s'empressa de poser une autre question :

« A son retour, Jan vous a-t-il fait part des propos qu'il avait échangés avec Smith ?

– Il m'en a très peu parlé, à vrai dire, mais je le sentais perturbé. Les révélations de Smith avaient dû être troublantes, ce qui avait pour effet de le rendre presque mutique. Dans le flou des quelques mots arrachés, j'ai compris qu'en dérobant le CD-Rom, Smith avait obéi à des instructions provenant de Chicago.

– De Chicago ? »

Lara haussa les sourcils, sceptique elle aussi.

« Oui ; Moore aurait eu des doutes sur l'intégrité de l'équipe danoise, sans désigner un suspect en particulier. Et il aurait demandé à son émissaire de mettre les résultats de l'étude à l'abri d'un membre malveillant de cette équipe. Smith voulait signifier par là qu'il ne s'agissait pas d'espionnage commandité par Gordon, en tout cas...

– Mais pourquoi est-il resté à Copenhague et a-t-il contacté Jan ?

– D'abord par scrupule ; il refusait de laisser Jan

à son désarroi : il l'avait vu vibrer et se donner entièrement pour ce travail. Il se refusait aussi à trahir l'estime de son confrère... »

A ces mots, Bridget fit une grimace qui en disait long sur ce que lui inspiraient les motivations de Smith. Lara renchérit :

« Beaucoup de beaux sentiments, en somme, c'est vrai... Mais que fallait-il en penser ? Quoi qu'il en soit, il tenait à rassurer Jan au plus vite sur le sort de la disquette, et à lui affirmer qu'il comptait la lui restituer.

– Restituer le CD-Rom, alors qu'il l'avait dérobé la veille ? Au risque de l'exposer à nouveau à un cleptomane imaginaire niché à l'institut, selon ses propres dires ! Voyons, Lara, le raisonnement de ce type ne tenait pas, vous me l'accordez ! »

Lara se leva avec un mouvement de contrariété ; Bridget y vit la marque d'un agacement suscité par ses insinuations, qui prenaient des allures de reproches.

Jusque-là, leur échange avait sans doute été quasiment thérapeutique pour Lara, il lui avait permis de déverser le trop-plein de souvenirs qui se bousculaient dans son esprit. Prise au jeu des questions, elle avait provisoirement réussi à dépouiller de tout affect le souvenir de Jan. Mais maintenant, les choses prenaient une autre tournure, la douleur revenait, avec les doutes et les zones mystérieuses que Bridget repérait. Lara ne savait probablement plus ce que Bridget attendait d'elle. Hargneuse et meurtrie, elle lança :

« Je sais que ça ne colle pas, mais qu'est-ce qui est

cohérent depuis le début, dites-le-moi ! Je vous répète que Jan était prostré, et que j'ai eu le respect élémentaire de ne pas le harceler comme vous le faites avec moi. Je ne suis pas inspecteur de police... et vous non plus, je vous le rappelle. »

Elle ferma les yeux et se prit la tête entre les mains, consciente, brusquement, de l'injustice dont elle faisait preuve en se défoulant sur Bridget. Elle reprit, plus calmement :

« Vous avez raison, le discours de Smith n'était pas crédible, et je crois en réalité que Jan ne voulait pas tout me révéler – pour m'épargner, sans doute. Quoi que Smith ait pu dire, j'ai eu la sensation que Jan n'avait pas tout pris pour argent comptant ; il m'a avoué qu'il avait considéré sa démarche comme une tentative de se disculper, de noyer le poisson. D'ailleurs, le discours importait peu. Smith pouvait bien mentir comme un arracheur de dents : Jan ne voyait en lui que la possibilité inespérée de récupérer le fruit de son labeur, et c'est à mon avis tout ce qui lui importait.

– Savez-vous si Jan et Smith étaient convenus d'un nouveau rendez-vous pour la restitution de disquette ?

– Non, mais Smith avait promis de se manifester bientôt ; et cette fois, il n'avait pas menti. Le lendemain, il nous donnait indirectement de ses nouvelles... »

La sonnette de la porte d'entrée nous réveille brutalement. Je prends appui sur un avant-bras pour me redresser et tenter d'apercevoir le réveil : il est 7 heures du matin ; je m'écroule sur l'oreiller, persuadé d'avoir rêvé. Un deuxième coup de sonnette retentit, plus longuement cette fois, et me tire de ma torpeur. Je m'assois sur le lit, l'esprit engourdi, tandis qu'on semble s'impatienter à l'extérieur : le son, strident, est continu. Je quitte la chambre en attrapant au passage un tee-shirt, suivi de près par Lara, qui m'interroge du regard. Pour toute réponse, je dévale l'escalier jusqu'à la porte d'entrée vitrée ; une silhouette sombre se détache en transparence. J'ouvre et me trouve devant un homme en imperméable noir, austère et sec.

« Docteur Jan Helleberg ?

– Oui, c'est moi...

– Stefan Piersen, police de Copenhague. »

Il accompagne ses mots d'un geste qu'il a dû répéter des milliers de fois : en un rapide mouvement, il sort de sa poche un insigne qu'il déplie et expose à deux centimètres de mon nez. Avant que je puisse distinguer quoi que ce soit, le policier a retrouvé sa position initiale, les deux mains dans les poches. Je n'ai pas le temps de prononcer le moindre mot, il poursuit comme si Lara et moi n'existions pas :

« Docteur, auriez-vous l'obligeance de me suivre ? L'inspecteur Larsen aimerait s'entretenir avec vous dans les locaux de la police ; la brigade criminelle, plus précisément.

– La brigade criminelle ? Et pourriez-vous me dire en quoi je suis susceptible d'aider votre inspecteur ?

– Le lieutenant Larsen désire entendre les gens

qui ont fait partie de l'entourage de M. Peter Smith... avant sa mort. »

Lara se colle instinctivement contre moi. Je la regarde, atterré, avant de bredouiller :

« Mort ? Smith ? Mais... c'est une plaisanterie ?

– Hélas non, docteur. Si vous le voulez bien, je vais vous attendre dans la voiture. »

Le policier pivote sur ses talons avant de descendre nonchalamment les quelques marches du perron. Je me ressaisis.

« Pardon, inspecteur, je suis secoué, je... Mais entrez, vous m'attendrez à l'intérieur, ce sera plus agréable.

– Non, ça n'est pas nécessaire... Vous n'en aurez sans doute pas pour longtemps. »

Je me dirige vers la chambre à coucher et j'enfile à la hâte un pantalon. Lara m'a suivi.

« Jan, veux-tu que j'appelle Jesper ? Ou quelqu'un d'autre ? Tu sais, tu n'es pas obligé de t'y rendre, même si leurs manières sont intimidantes... Qu'est-ce que je dois faire ? Je... »

Je l'interromps en l'enlaçant :

« Lara, je te précise qu'on me demande juste de rencontrer un inspecteur. Personne ne parle de me mettre derrière les barreaux.

– Excuse-moi, mon chéri, je rédige des articles pour la presse scientifique, et un instant j'ai cru pouvoir me divertir en écrivant un papier sur toi croupissant au fond d'un cachot. » Elle m'embrasse, crispée. « Appelle-moi quand tu en auras terminé avec ces histoires, je serai à l'hôtel. »

Je rejoins Piersen qui fait les cent pas.

« Monsieur, je suis prêt. »

J'emboîte le pas au policier avec un regard en direction de Lara qui lance, d'un air faussement détendu : « Il est hors de question que je verse quoi que ce soit pour la caution ! »

La plaisanterie de Lara n'a pas déridé Piersen, qui m'ouvre la portière du côté passager.

« Ne vous inquiétez pas, il s'agit d'une simple formalité. »

Je profite de l'occasion pour le questionner :

« Quand Smith est-il mort ?

– Son corps a été retrouvé ce matin. » Pressentant d'autres questions, il coupe court à mon élan :

« Pardonnez-moi, docteur, mais je ne peux pas vous en dire beaucoup plus. L'inspecteur Larsen, qui s'occupe de cette affaire, saura vous renseigner mieux que moi. »

Le ton n'appelle pas à la négociation. Le policier reste muet pendant tout le trajet, rapide à cette heure, qui nous mène au bâtiment réservé à la brigade criminelle.

Quand la voiture pénètre dans une cour intérieure et s'arrête devant un policier en uniforme, je perds le peu de décontraction péniblement entretenu depuis mon départ de la maison. Des dizaines de personnes traversent la cour dans tous les sens et déploient une activité qui m'impressionne. Je lève les yeux vers la bâtisse dont la façade striée de traînées noirâtres me glace plus que la température matinale.

« Docteur Helleberg, suivez-moi, je vous prie. »

La fin de la phrase contraste avec le ton impérieux, et je suis l'homme qui s'est déjà engagé dans un couloir. Je me fraie péniblement un passage à travers un flot de personnes qui me bousculent sans ménagement, et mon guide est obligé de me prendre par le coude pour me diriger vers un corridor moins fréquenté. Il ouvre alors une porte qui donne sur une petite pièce mal éclairée où résonne le bruit de plusieurs machines à écrire.

« Attendez ici quelques instants, l'inspecteur Larsen va vous recevoir. »

J'évite de passer d'un pied sur l'autre tant le parquet craque. Le tableau est tellement caricatural que je réprime un sourire. Une tête apparaît enfin à travers l'entrebâillement de la porte et une jeune femme en uniforme s'adresse à moi sans dépasser le seuil :

« Monsieur Helleberg ? Suivez-moi, je vous prie. »

Elle me conduit jusqu'à une immense porte en bois. Elle frappe, mais ouvre sans attendre de réponse. Je pénètre dans une pièce carrée, enfumée, tapissée d'un papier dont la couleur d'origine s'est estompée pour laisser apparaître de grandes ombres jaunâtres sur fond beige, signe de l'humidité ambiante. Elle est meublée sommairement de l'incontournable armoire à volets métalliques bourrée de dossiers, de deux chaises au capiton éventré et d'un bureau ancestral derrière lequel siège, dans un nuage de fumée plus dense, un homme qui se lève à mon arrivée avec un sourire jovial.

Il est petit, avec un ventre proéminent. Son visage est couperosé, la sueur perle sur son crâne dégarni, il a le souffle court et inquiétant. Mais son expression avenante suffit à m'apaiser.

« Docteur, pardonnez-moi de vous avoir tiré du lit de façon aussi prématurée », dit-il en me tendant la main tout en me proposant un des fauteuils, dans lequel je m'installe sans répondre.

Après avoir fait péniblement le tour de la table, il laisse son poids l'entraîner dans son siège, retrouve un rythme respiratoire acceptable et poursuit, estimant les préliminaires suffisants :

« Le corps de M. Smith a été retrouvé ce matin. Nous nous sommes permis de faire appel à vous dans la mesure où votre nom apparaît sur les papiers que nous avons retrouvés sur lui. M. Smith a travaillé avec vous à l'Institut d'immunologie de Copenhague, n'est-ce pas ?

– C'est exact.

– Pourriez-vous me dire précisément ce qu'il était venu faire à Copenhague, docteur ?

– Il était envoyé par notre partenaire de Chicago pour participer à certains travaux de recherche.

– Savez-vous où M. Smith logeait ?

– Non. Il bénéficiait d'une chambre mise à sa disposition à l'institut, mais je ne sais pas s'il y habitait. »

L'inspecteur hoche la tête, le front plissé, et survole des yeux le monceau de feuilles qui jonchent son bureau. Puis il se redresse en faisant basculer vers l'avant le dossier de son fauteuil et s'accoude sur la table pour reprendre la parole en me regardant droit dans les yeux :

« M. Smith vous paraissait-il anxieux, docteur ?

Avait-il évoqué un problème relationnel quelconque en votre présence ?

– Non, je n'en ai pas le souvenir. Je crois par ailleurs qu'il venait à Copenhague pour la première fois, et qu'il n'y connaissait personne... »

Larsen se lève à nouveau, m'arrachant une grimace de compassion.

« M. Smith a été retrouvé ce matin dans une chambre d'hôtel miteuse aux alentours de la gare, à Istedgade, une balle dans la poitrine... Une triste et curieuse fin pour un homme de science sans histoire... en apparence. »

Il retrouve son sourire et me questionne à nouveau :

« Docteur, savez-vous si Peter Smith avait une compagne ?

– Pas à ma connaissance, mais nous étions trop peu liés pour que je sois son confident.

– M. Smith n'était pas seul dans sa chambre, il y avait une jeune femme avec lui. Morte, elle aussi. Une prostituée. » Après un court silence, il enchaîne :

« Docteur, quel effet vous faisait M. Smith ? Je veux dire... aviez-vous un sentiment de méfiance à son égard, une impression défavorable le concernant ?... Un grief, peut-être ?

– Non, pas particulièrement mais, je vous le répète, je ne l'ai fréquenté qu'un mois, dans un cadre strictement professionnel.

– Ah..., lâche Larsen en passant la paume de la main sur le dessus de son crâne humide, j'ai cependant sous les yeux une plainte déposée hier par le docteur Jesper Sorensen, directeur de l'Institut d'immunologie, pour vol de matériel informatique, je crois. Dans la déposition du docteur Sorensen, je lis aussi que l'institut avait fermé ses portes plus tard qu'à l'accoutumée, la veille du vol, pour fêter le départ de M. Smith. L'enchaînement des événements est tout de même troublant, docteur Helleberg... N'avez-vous pas fait le lien entre la disparition de documents importants et le départ de M. Smith ? Le docteur Sorensen l'a fait, lui.

– J'ai bien sûr fait le rapprochement, mais nous n'avons pas de preuves, monsieur, et je ne me serais pas permis de formuler de telles accusations devant vous. »

Le policier ne me laisse pas le temps de me ressaisir. Debout à mes côtés, il me pose la question que je redoute depuis le début de l'entretien :

« Quand avez-vous vu M. Smith pour la dernière fois, docteur Helleberg ? »

Je blêmis, terrifié à l'idée de révéler ce qui pourrait me mettre dans le pire des pétrins. Je réponds d'une voix presque éteinte :

« Hier... Hier soir. Je l'ai vu à 20 heures, au Finley's, où il m'avait donné rendez-vous, et je l'ai quitté à 22 heures pour retrouver ma compagne à mon domicile. »

La terreur doit se lire sur mon visage, parce que Larsen s'empresse de poser une main sur mon épaule, rassurant.

« Je le sais, docteur, n'ayez crainte : votre voisine vous a vu arriver à 22 h 15 à votre domicile, tandis que la propriétaire de l'hôtel a ouvert la porte à

M. Smith à 22 h 30. Il l'a priée de le réveiller ce matin à 6 heures. C'est elle qui l'a découvert lorsqu'elle s'est inquiétée de ne pas avoir de réponse en frappant à sa porte. »

Je reprends, soulagé :

« Smith m'a téléphoné hier soir pour s'expliquer, et je l'ai rejoint dans ce bar, comme convenu.

– Que vous a-t-il dit ?

– Qu'il avait dérobé des informations à l'institut, et qu'il avait l'intention de me les restituer.

– Et cela ne vous a pas intrigué ?

– Si, bien sûr, mais que fallait-il faire ?

– Prévenir la police, docteur.

– Comment justifier mon appel, inspecteur ? Nous n'avions que des doutes, rien ne me permettait de vous demander de l'appréhender, vous en convenez. Et ce matin, vous ne m'avez pas laissé le temps de vous prévenir... »

Larsen a un sourire bienveillant. Ragaillardi, je réalise que cet interrogatoire pourrait autant profiter à mon enquête qu'à celle de ce policier écrasé dans son fauteuil. L'entretien s'est déroulé exactement de la même manière que la première fois, et je comprends à présent que c'est ma deuxième et dernière chance d'enregistrer des éléments qui vont me permettre d'avancer. Cher collègue, me dis-je intérieurement, j'ai aussi mon coupable à démasquer.

« Inspecteur, permettez-moi de vous poser une question à mon tour. » Larsen hausse les sourcils, curieux. « A-t-on trouvé des disquettes ou des CD-Rom en sa possession ?

– Ce sont des éléments du dossier qui doivent rester confidentiels, pour le moment, docteur. » Larsen lève un regard complice vers moi avant d'ajouter : « Mais, exceptionnellement, je vous confie que rien de ce genre n'a été identifié dans les effets qui se trouvaient dans la chambre. »

Son indiscrétion s'arrête là. Il frappe du plat de la main sur la table pour marquer la fin de notre entrevue.

« Docteur, j'espère que vous ne me tiendrez pas rigueur de cette rencontre très matinale. Je ne vais pas abuser plus largement de votre temps – il est compté, je crois... »

Pour la troisième fois, il entreprend péniblement de se lever. Cela me brise le cœur et je m'empresse de quitter mon fauteuil en lui tendant la main.

« Ne vous donnez pas la peine, inspecteur, ça n'est pas nécessaire. »

Larsen se laisse instantanément retomber sans dissimuler son soulagement. Il me sourit avec une gratitude qui m'autorise à lui demander avant de quitter le bureau :

« Inspecteur, peut-on déjà formuler une hypothèse qui expliquerait la mort de Smith ? »

Larsen lâche un petit rire en réponse à la candeur de ma question. Je rougis, embarrassé, tandis que le policier répond évasivement :

« Les alentours de la gare foisonnent en faits de ce genre, depuis le délit mineur de petite délinquance jusqu'au crime – plus rare, heureusement. Personne n'est épargné, voyou, scientifique de haut niveau... »

Larsen laisse son regard glisser vers la fenêtre. Sans qu'il tourne la tête, ses yeux vifs obliquent dans ma direction.

« Nous aurons peut-être encore besoin de vous, docteur. Je me permettrai de vous solliciter à nouveau, dans ce cas. Il est tôt pour parler avec certitude de crime crapuleux. L'enquête n'est pas finie. Bonne journée, docteur Helleberg », conclut-il, rivant son regard sur un dossier qu'il semble choisir au hasard, sans se départir de son sourire.

Je referme la porte derrière moi et je reste songeur, immobile dans le couloir. Pour moi non plus l'enquête n'est pas finie, inspecteur, mais le temps m'est bien plus compté que vous ne le pensez, et je doute qu'il m'en reste assez pour vous aider dans vos investigations : nous sommes déjà le 9 décembre. Cependant, cette fois, notre entretien m'est d'un certain secours, et la mort de Peter m'éclaire sur le rôle qu'il a pu tenir.

Je reviens calmement sur mes pas dans le bâtiment qui ressemble à une ruche. Peut-être inspiré par l'atmosphère, j'ai le sentiment de pouvoir réfléchir plus méthodiquement. Les éléments trouvent progressivement leur place dans le puzzle de mon enquête.

Bien sûr, il peut s'agir d'une mort crapuleuse, tout à fait indépendante de Smith, de Gordon et du CD-Rom. Smith quitte le bar et décide de passer un moment agréable avec une fille à l'abri des regards indiscrets. A partir de là, le scénario est presque classique : la fille l'embarque dans un hôtel miteux où son complice tente de le dépouiller. Les choses tournent mal, et Smith finit avec une balle dans la peau...

Plongé dans mes pensées, je m'arrête devant les grands escaliers sans prendre conscience de l'obstacle que je représente alors que les gens me contournent en maugréant. Plusieurs éléments me tracassent, peu en accord avec la thèse du crime crapuleux.

D'abord, si la combine est courante, cela finit rarement dans le sang. Elle est l'œuvre d'un réseau très important dont la presse a vanté le « professionnalisme » : le monsieur se réveille le matin, nu comme un ver et soulagé de son portefeuille sans qu'il y ait eu la moindre brutalité... Smith aurait-il été plus méfiant qu'un autre ? Aurait-il tenté de se défendre ?

Par ailleurs, pourquoi la fille serait-elle morte, elle aussi, si elle était de mèche avec le tueur ?

Enfin, s'il ne s'était agi que de détrousser Smith, pourquoi la police n'a-t-elle pas trouvé le CD-Rom parmi ses affaires ? A moins que...

Je dévale alors les escaliers, bousculant cette fois tout le monde sur mon passage, pour arriver dans la cour que je traverse au pas de charge. Je hèle un taxi tout en poursuivant mon raisonnement. Il est très possible que Smith n'ait pas eu sur lui le CD-Rom ; c'était même logique : il n'aurait pas pris ce risque alors qu'il se rendait à notre rendez-vous et qu'il ne pouvait pas prévoir ma réaction, ni même s'assurer que je m'y rendais seul. Il faut donc chercher ailleurs.

Je monte dans la voiture et le chauffeur me

regarde, interrogatif. L'histoire, la mienne, voudrait que je rentre chez moi, sagement, comme la première fois... Mais comment m'en tenir là, sans regarder à l'endroit où mon regard ne s'était pas posé ! Je serre les poings, je me mordille la lèvre... Tout est dans la forme, tout est une question de surface : tu peux tout faire, Jan, fouiller tous les recoins de ton histoire si tu ne touches pas aux apparences, ce sont les mots mêmes de la Vie.

Soit.

Petit sourire à l'adresse du chauffeur qui perd patience.

« A l'Institut d'immunologie, à l'angle de Gothersgade et Linesgade, en face du jardin botanique, s'il vous plaît. »

Il acquiesce sans mot dire et démarre. A la fois excité et anxieux, je reprends le fil de mon raisonnement.

Smith a peut-être tout simplement laissé le CD dans la chambre qu'il occupait à l'institut. C'est peu probable, mais je ne lui connaissais pas d'autre pied-à-terre en ville, et je ne peux pas laisser passer une chance, aussi mince soit-elle, de récupérer le CD-Rom...

Le taxi me dépose devant le bâtiment gris adjacent à celui qui abrite les différents laboratoires. Il est beaucoup plus petit, et un peu en retrait par rapport à la façade imposante de son voisin. Le rez-de-chaussée est réservé à la bibliothèque et les services administratifs occupent le premier étage. C'est au deuxième que se trouve la chambre mise à la disposition des hôtes de l'institut.

Je gravis les marches aussi discrètement que ma nervosité me le permet pour arriver devant la porte de la chambre, que je trouve close. Contrarié, j'insiste sur la poignée, faisant assez de bruit pour alerter Monika, qui fait partie du personnel d'entretien des locaux.

« Bonjour, docteur Helleberg. Vous n'y arrivez pas ? »

Je sursaute et me retourne vivement, pour découvrir son visage intrigué.

« Oui, Monika, bonjour... Je... Je n'ai pas la clef de la chambre et je crois y avoir laissé quelque chose il y a quelque temps.

– Vous n'avez pas la clef ? Le monsieur américain m'a dit qu'il vous la remettrait avant de partir, docteur, dit-elle, embarrassée. Je peux demander le passe à Osse, bien sûr, mais comme je n'avais pas la clef, voyez-vous, la chambre n'a pas encore été faite, vous ne m'en voudrez pas, hein ? »

Monika danse d'un pied sur l'autre, gênée, alors qu'elle m'offre la certitude que personne n'est entré dans la chambre après Peter. Je m'empresse de la rassurer :

« Ne vous faites pas de souci, Monika, cela n'a aucune importance, je ne fais que passer pour récupérer mon document. »

Monika disparaît, soulagée, et revient quelques instants plus tard avec le passe.

« Voilà, docteur, dit-elle en ouvrant la porte et en jetant un regard inquiet à l'intérieur de la pièce. Quand vous partirez, claquez la porte, simplement, je refermerai après avoir tout nettoyé. »

Je pénètre dans la pièce. Le lit est intact, Peter ne semble pas y avoir dormi. J'ouvre les portes de la petite armoire, qui est aussi vide que les tiroirs du bureau. Rien. Rien sous le matelas, rien derrière le sommier ; je roule même le tapis, en vain.

Déçu, je m'assois lourdement sur la chaise unique pour faire le maigre bilan de ma démarche : non seulement je suis bredouille, mais Monika m'a vu pénétrer dans cette pièce. Un témoin parfait pour l'inspecteur Larsen lorsqu'il décidera de fouiller les lieux... De toute façon, s'il lui venait la mauvaise idée de vouloir m'inculper, il lui faudra me récupérer à la morgue, après le 15 du mois.

Je me renverse sur le dossier de la chaise, les mains croisées derrière la tête, en me concentrant pour faire le point. La première hypothèse consisterait à penser que Smith a tout bêtement été la victime imprudente d'un acte de délinquance mal organisé qui aurait dérapé vers le meurtre, ce qui me paraît peu probable, compte tenu des circonstances ; mais dans ce cas, qu'est-il advenu du CD-Rom ?

Il faut bien sûr envisager l'autre possibilité, plus angoissante : le tueur cherchait le CD-Rom. Il a par conséquent assassiné Smith et la pauvre fille qui se trouvait avec lui pour s'en emparer. C'est la raison pour laquelle le disque est introuvable, ici comme là-bas.

« M. Smith a été retrouvé ce matin dans une chambre d'hôtel miteuse aux alentours de la gare, à Istedgade, une balle dans la poitrine... » Les paroles de Larsen résonnent encore à mes oreilles. Je me lève d'un bond,

persuadé que sur place seulement j'en saurai davantage. Je referme la porte de la chambre, sans précaution cette fois, et je regagne le rez-de-chaussée pour reprendre place dans le taxi qui m'a attendu.

Istedgade est déjà très animée alors qu'il est à peine 9 heures. Les gens se hâtent vers la gare qui est à l'extrémité nord de la rue, sans répondre aux appels des filles qui déambulent déjà, malgré une nuit difficile. Je remarque avec étonnement que les innombrables sex-shops ouvrent tôt leurs portes, entre les hôtels de passe qui foisonnent. Je me penche vers le chauffeur :

« Arrêtez-moi ici... Tenez, merci.

– Merci, monsieur. Voulez-vous que je vous attende ?

– Non, ce n'est pas nécessaire. »

Le chauffeur a un petit sourire entendu dont je ne comprends le sens que lorsqu'il a démarré. Helleberg, il était temps de sortir de ton laboratoire.

Je me rends vite compte de la difficulté de mon entreprise : ce n'est pas les hôtels qui manquent dans le coin, et je doute que l'on veuille bien m'indiquer celui où l'on abat client et fille en prime. Je décide d'essayer celui au pied duquel le taxi m'a déposé, avec un coup d'œil inquiet de part et d'autre de la route. Avec un peu de chance, Lisa Folcker et son appareil photo m'attendent dans le hall.

Je gravis les quelques marches qui mènent à la porte d'entrée, déclenchant une sonnerie qui réveille le réceptionniste. Il a cependant un sourire aimable qui me fait retrouver mon sang-froid, et il m'accueille poliment :

« Bonjour, monsieur, bienvenue. Que puis-je pour vous ? »

Le ton me surprend, persuadé par mes a priori stupides qu'on m'accueillerait dans la fumée et avec une canette de bière. J'ai presque envie de formuler franchement ma question, mais mon regard se pose au même moment sur le contenu d'un tiroir entrebâillé : la crosse d'un revolver me rappelle à l'ordre. Ce type a sans doute affaire tous les jours à des individus assez louches pour le rendre méfiant, et je ne vois aucune raison pour qu'il ait plus confiance en moi. Je préfère ne pas prendre de risques.

« Bonjour. J'aimerais une chambre pour quelques jours.

– Ça doit se trouver. Combien de temps restez-vous ?

– Au moins trois jours... Si je suis encore vivant. »

J'ai ajouté ces mots le cœur battant, guettant la réaction du type.

« Vivant ? Pourquoi, on vous en veut à ce point ?

– Non, mais j'ai entendu dire qu'on se réveillait parfois avec une balle bien logée entre les omoplates, dans votre établissement... »

Le réceptionniste réagit au quart de tour. Il rétorque avec véhémence :

« Mais qui vous a dit une ânerie pareille ? Vous parlez du type qui est mort à l'hôtel des Deux-Matelots, hier soir ? Ici, vous n'avez rien à craindre, monsieur, ajoute-t-il en brandissant le revolver sous mon nez. Le salopard qui viendra cribler de balles mes clients n'a pas encore passé ma porte, et il a intérêt, s'il n'a pas envie de sortir les pieds devant ! En tout cas, monsieur, n'écoutez pas les concurrents médisants : on fait toujours porter le chapeau aux établissements respectables qui tournent bien, c'est connu !

– Vous m'avez rassuré, n'ayez crainte, dis-je en fixant l'arme qu'il a enfin cessé d'agiter. Je reviens avec mes bagages un peu plus tard... »

Je quitte le hall sur ces mots en l'entendant maugréer, sans même oser me retourner jusqu'à l'angle de la rue suivante.

Bizarrement apaisé par le brouhaha extérieur, je me dirige vers un petit immeuble situé cinquante mètres plus bas. C'est son enseigne qui m'a aiguillé : un bateau avec deux petits marins, le tout se balançant en grinçant au bout de deux chaînes fixées à une barre transversale rouillée.

L'hôtel des Deux-Matelots ne paye pas de mine. J'entre avec une certaine réticence dans un petit corridor limité par un comptoir en bois cérusé mal entretenu. Le papier peint est décollé par endroits, masqué par de grandes plantes vertes squelettiques qui n'ont sans doute pas vu la lumière du jour depuis longtemps. Sur la gauche, collé au mur et laissant à peine la place pour se glisser jusqu'à la réception, se trouve un canapé tendu d'un vieux velours rouge, à l'assise cabossée. Le lustre qui pend dangereusement au-dessus de ma tête lutte pour éclairer ce sinistre endroit de sa seule ampoule encore efficace. J'ai plutôt envie de partir en courant, sans chercher à comprendre pourquoi Smith a été assez fou pour mourir ici. Cette pensée ravive mon intérêt.

Le comptoir est désert, ce qui m'oblige à utiliser la sonnette crasseuse qui repose, presque collée, sur le bois luisant. Après une deuxième tentative, une main féminine écarte le rideau tendu derrière la réception. Une tête que je discerne mal se penche pour m'observer, et le reste du corps fait son apparition.

Ses cheveux auburn encadrent un visage bouffi excessivement maquillé, et son double menton assure la continuité avec une poitrine débordante. Je retiens mon rire : la dame vient de souffler la fumée pestilentielle de sa cigarette trafiquée dans ma direction. J'ai du mal à articuler :

« Bonjour, madame, pourrais-je parler à la personne qui dirige cet établissement ? »

Mes paroles ne ressemblent pas à celles d'un client potentiel, c'est assez pour anéantir mes dernières chances d'éveiller un semblant d'amabilité de la part de ce tas de chair.

« C'est moi. Qu'est-ce que vous voulez ? »

Décontenancé, je réponds :

« Je ne voudrais pas raviver de mauvais souvenirs, mais c'est ici que l'on a retrouvé un homme... »

Elle ne me laisse pas finir ma phrase :

« Ça se peut bien, et ça se peut aussi que j'aie pas envie d'en parler. Z'êtes de la police ? marmonne-t-elle sans retirer sa cigarette d'entre les dents.

– Non, mais...

– Alors, laissez tomber. Si c'est pour une chambre,

je peux vous en donner une pour cent couronnes la nuit, mais on va pas y passer deux heures. »

Sa vulgarité commence à m'irriter, mais je sens qu'il vaut mieux me mettre au diapason.

« Oui, c'est une chambre que je veux. Et pas n'importe laquelle, dis-je en mettant le triple de la somme sur le comptoir. Je veux celle où le mec a crevé ce matin. »

Elle me regarde, les yeux légèrement écarquillés ; je ne lui laisse pas le temps d'intervenir :

« Ça m'excite de savoir qu'il y a eu un macchabée dans le pieu où je vais m'allonger ; chacun ses fantasmes, tant que ça mord personne. Ça vous pose un problème ? »

Après l'argent, l'agressivité dont j'ai fait preuve finit de l'adoucir. Par un rictus qui fait office de sourire, elle découvre une rangée de dents aussi jaunes que les doigts qui tiennent la cigarette. Je détourne le regard, tandis qu'elle fait le tour du comptoir en saisissant au vol une clef. Je la suis sans un mot supplémentaire dans l'escalier étroit qui conduit aux chambres.

Elle se retourne à deux reprises avec une moue qui se veut mutine avant d'arriver, au bout du couloir, à la chambre où Smith a séjourné. Elle lutte quelques instants avec la serrure et parvient enfin à ouvrir la porte. Elle me laisse tant bien que mal passer devant elle, baissant les yeux avec une fausse timidité au moment où je suis forcé d'effleurer son corsage proéminent pour pénétrer dans la pièce.

Il y règne une atmosphère rance que je crois être

celle de la mort. Les murs sont sales, l'unique fenêtre est voilée par un semblant de rideau qui ne coulisse plus sur la tringle, la penderie a perdu sa porte, et le lit comporte un cadre en bois peint en vieux rose qui jure totalement avec le reste du mobilier. Une petite table de nuit, enfin, et une chaise bancale complètent ce tableau pitoyable. Ma gorge se noue en pensant que Smith a fini sa vie dans un tel décor.

« J'ai quand même changé les draps, j'espère que ça ne vous embête pas ? juge-t-elle drôle d'ajouter.

– Une fille, trouvez-moi une fille, un peu comme celle qui est morte. Une copine à elle, je sais pas, moi... Ça serait drôlement excitant, non ? »

J'ai accompagné ma requête d'un sourire lubrique ; son regard complice révèle un esprit assez retors pour comprendre une telle envie.

– J'ai ce qu'il te faut, coco. Lene te tombe dans les bras dans quelques minutes. Amusez-vous bien... Mais pas de choses cochonnes avec un revolver, hein ? » gronde-t-elle avant de refermer la porte.

Je reste planté au milieu de la pièce, les bras ballants, avec la nette impression de dépasser les limites que je m'étais fixées pour cette deuxième vie. J'ai soudain le sentiment qu'une mort brutale épargne une quantité de découvertes désastreuses.

Je n'ai pas le loisir de me torturer plus longtemps : on frappe à la porte. Elle s'ouvre sur une jeune femme longue, presque maigre, à peine couverte par une robe en Lycra qui ne descend pas plus bas que la naissance de la cuisse. Elle marche avec de hautes bottes vernies qui crissent lorsqu'elle pivote, dans un mouvement qu'elle croit aguichant, pour refermer la porte. Elle avance d'un pas nonchalant, colle son visage près du mien et me souffle sans aucune sensualité :

« Alors, on a de drôles d'envies ? »

J'ai de plus en plus de mal à jouer la comédie. Je recule d'un pas et l'invite à prendre place sur la chaise, tandis que je m'assois sur le lit, avec une certaine répulsion que je tente de réprimer. Lene hausse ses sourcils dessinés à la va-vite, étonnée par mon recul, mais sa mine trahit une fatigue qui la pousse à s'asseoir sans rechigner. J'entame la conversation :

« En fait, je préférerais parler un peu, si vous n'y voyez pas d'inconvénient... »

Elle me regarde, décroise les jambes et s'adosse à la chaise en soupirant.

« Comme tu voudras, beau blond. Décidément, c'est la semaine des loufoques ! Ça doit être cette chambre qui attire les types bizarres...

– Que voulez-vous dire ?

– Je veux dire que le type d'hier voulait que je lui fasse des gâteries pendant qu'il tapotait sur sa machine, et ce matin, on m'annonce le gros cochon, et tu veux juste qu'on tape la discute. Vous vous êtes donné rendez-vous, les intellos, ou quoi ? »

A ces mots, je me redresse, puis me ressaisis avant qu'elle remarque ma surprise. Pour ne pas éveiller sa méfiance, j'essaie de jouer le personnage qu'on lui avait annoncé. Je me lève, passe à contrecœur la main sur son visage poudré à l'extrême, et reprends :

« Comment ça, le gars d'hier soir, c'était un bizarre ? Raconte, ça me fait de l'effet... »

Elle sourit, croyant comprendre.

« Okay, c'est ça qui te met dans tous tes états ? Tu veux nous rejouer la scène d'hier ? Ben moi, c'est pas mon truc, c'est pour ça que je suis pas restée. »

Lene se rend compte que son caprice risque de lui faire manquer une seconde affaire. Elle se lève en se glissant contre mon corps et me susurre :

« Mais si tu veux, avec toi, je veux bien ; t'es trop mignon... »

Avant qu'elle mette en pratique ses propositions, je la relance :

« Il voulait quoi, exactement, le type qui est mort ? C'est quoi, cette histoire de machine ? »

Lene fait une grimace et laisse tomber les bras le long de son corps.

« Toi, t'es un têtu ; on peut dire que t'as le chic pour casser l'ambiance... D'accord, d'accord. Ton macchabée, avant de se prendre une balle, il jouait à je sais pas quoi sur son ordinateur, avec un tas de disques à côté, à poil. Il voulait que je me foute à genoux et que je lui fasse des trucs pendant qu'il s'amusait sur son écran. Les types allumés comme ça, moi, ça m'inspire pas. Je suis redescendue et je lui ai envoyé c'te pauvre Dote, qui sait y faire avec les bizarres de ce genre. Elle l'a payé cher... Mais j'y suis pour rien, moi, on prévoit pas. Les détraqués, ça déboule dans une piaule et ça vous prévient pas ! » Elle passe la main dans sa perruque jais à la Cléopâtre, soupire et relève la tête en ajoutant : « Voilà, t'es content ? »

Sans répondre, je sors mon portefeuille et lui glisse deux billets dans la main. Elle se lève avec un sourire de circonstance et tire sur sa robe pour couvrir ce qu'elle peut de son slip en dentelle.

« Je vais te dire un truc : les mecs qui prennent leur pied avec des histoires qui pissent le sang comme ça, moi, j'comprends pas... Mais bon, c'est pas fatigant, et puis... »

Elle agite les billets en guise de conclusion et sort en m'envoyant un baiser qui me donne la nausée.

Quelques instants après son départ, j'ouvre la porte et m'engouffre dans le couloir étroit jusqu'à l'escalier que je dévale. Je passe rapidement devant le monstre que je devine écrasé derrière le comptoir et quitte l'hôtel sans le regarder.

Encore troublé par la scène que je viens de vivre, je me mets en marche vers la gare, machinalement, à la recherche d'un taxi. L'air frais du mois de décembre m'apaise progressivement, et je peux enfin réfléchir aux révélations de cette fille.

Une chose est certaine, maintenant : Peter était en possession de disquettes et sans doute du CD-Rom au moment de mourir. Or l'inspecteur Larsen m'a affirmé que rien de cela ne se trouvait dans les effets rassemblés par la police lors de la découverte du corps... S'il avait seulement cherché, au départ, à détrousser Smith, le voleur ne se serait sans doute pas intéressé à ce genre de matériel ; à la rigueur, il se serait contenté de l'ordinateur. C'est donc bien pour le CD-Rom que l'assassin a tué Smith, réservant le même sort à la fille qui risquait d'être un témoin gênant.

En montant dans la voiture, j'essaie de confronter

mon hypothèse au discours de Peter, lors de notre entrevue.

Si Smith était bien un agent détaché par la NSA, il a nécessairement été abattu par le coupable qu'il désignait, l'homme à la solde de Gordon : Jesper. Ce qui est invraisemblable : comment ce dernier aurait-il eu vent de la présence de Smith à Copenhague hier soir, et dans un lieu aussi surprenant de surcroît ? Cette théorie semble aussi peu plausible que celle du meurtre crapuleux.

Il reste enfin l'hypothèse la plus probable : Smith était bien la taupe de Gordon, infiltrée dans l'institut. Il dérobe le CD-Rom, mais ne quitte pas Copenhague. Les hommes de Gordon le surveillent de près, ou me surveillent peut-être pour le retrouver, craignant une trahison de sa part. Nous voyant ensemble au Finley's, ils comprennent que leurs craintes sont fondées : Smith a peut-être décidé de restituer le disque, en contrepartie d'un avantage dont il espère garder l'entier bénéfice, faisant cavalier seul. Je m'attendais moi-même à une proposition de Smith. L'un des leurs le suit alors depuis le Finley's jusqu'à l'hôtel, le rejoint dans la chambre et récupère le CD après avoir nettoyé le terrain...

Mes réflexions m'ont trop absorbé pour que je prenne conscience du chemin parcouru par le taxi. Lorsque j'en viens à ma conclusion, je reconnais la façade de ma maison et le chauffeur arrête son véhicule.

La voiture a déjà démarré, mais je n'ai pas bougé. Les masques tombent, sans dévoiler encore le visage de l'homme qui bientôt me tuera.

8

« Mort ! Ce policier était venu vous annoncer la mort de Smith alors que Jan l'avait rencontré pas plus tard que la veille au soir... Lara, votre récit vire au film d'horreur, je n'en crois pas mes oreilles. »

Lara et elle avaient repris leur entretien depuis une demi-heure, et tout prenait une tournure qui effrayait Bridget. Elle comprenait mieux le désarroi de Lara qui paraissait à nouveau sombrer dans la mélancolie, les yeux perdus dans la contemplation de la pluie. Bridget y vit les prémices de larmes et reprit le fil de leur conversation :

« Dans quelles circonstances a-t-il trouvé la mort ?

– On l'a retrouvé dans une chambre d'hôtel près de la gare, avec une balle dans le corps..., répondit Lara d'une voix sombre.

– J'ai l'impression de... Mais oui, bien sûr. Cela me revient, Henrik a couvert l'événement la semaine dernière, j'ai encore son article en tête. Je n'avais pas fait le rapprochement entre Smith et ce drame : mon collègue n'a donné je crois aucune précision sur la victime, si ce n'est sa nationalité étrangère. Ce qui est certain, c'est que dans l'esprit de tous, et de Henrik en premier lieu, il ne s'agissait que du dérapage malheureux d'un des vols qui sont monnaie courante dans ce quartier.

– Parce que la police a tenu à garder secret tout ce qui, divulgué, pouvait entraver la progression de l'enquête. Et puis, la vie privée de Smith avait droit à ce silence respectueux... Cela dit, la plupart des membres de l'équipe scientifique de l'institut ont défilé à la brigade criminelle pour délivrer toutes les informations qui pouvaient être utiles concernant Smith.

– Jan aussi ?

– Bien sûr, il a dû suivre le policier qui s'était rendu à son domicile.

– Je suppose que l'interrogatoire a permis à Jan de savoir vers quelle piste la police se dirigeait...

– D'après Jan, la police a bien évidemment fait le rapprochement entre la mort de Peter et le vol du CD-Rom, puisque Jesper avait porté plainte en mentionnant la concordance troublante entre le départ de Peter et la disparition du disque. Mais il semble qu'aujourd'hui encore rien n'invalide la thèse du crime crapuleux. »

Bridget posa son stylo, ce qui indiquait, Lara le savait maintenant, qu'elle allait tenter de faire le bilan des différentes informations ou en exploiter d'autres, a priori anodines. Lara fronça les sourcils, attentive, mais Bridget lança d'un ton énigmatique :

« Un homme de cette envergure, mourir dans des circonstances si étranges... si sordides ! Qu'en pensez-vous, Lara ? Quel scénario vous paraît le plus plausible ? »

Lara commençait à prendre goût à la façon très particulière qu'avait Bridget de réactiver sa réflexion, pour transformer son simple récit en une analyse des faits. Elle s'y prêtait maintenant volontiers, sans se sentir agressée par le ton parfois incisif de sa collègue. Elle se concentra avant de répondre :

« A mes yeux, Peter ne pouvait pas être autre chose que l'espion de Gordon. Jan lui-même, pourtant confiant en Peter, avait fini par en être convaincu, je le sais bien. Et s'il est mort la semaine dernière, c'est peut-être parce qu'il avait décidé de faire cavalier seul et de doubler Gordon en monnayant lui-même la restitution du disque, mais Gordon ne l'a pas toléré. Je doute que le laboratoire ait eu l'intention d'éliminer Smith, mais il a probablement tenté de récupérer le CD-Rom et les choses ont mal tourné... Ou bien...

– Oui, poursuivez votre raisonnement ?

– Gordon manquerait-il de scrupules au point d'éliminer son espion, sa mission accomplie, afin de ne pas risquer de le voir parler ? Ce serait trop cynique... »

Lara se tut, songeuse, quelques instants, puis chercha une approbation, ou au moins un avis, dans les yeux de Bridget, qui restèrent insondables. Elle reprit alors :

« Quoi qu'il en soit, les événements des derniers jours sont venus bousculer tout ce que l'on a pu échafauder en matière d'hypothèses. Mercredi dernier, le lendemain du drame, Jan a trouvé dans son courrier une lettre qui lui était adressée par Smith ; le cachet de la poste indiquait qu'elle avait été postée la veille, après qu'on eut retrouvé le corps du chercheur.

– La lettre était-elle bien rédigée de la main de Smith ?

– C'était troublant, mais Jan a reconnu sa signature. En découvrant le contenu de la lettre, dont les termes exacts m'échappent, tout portait à croire que Smith se savait exposé à un danger. Il avait sans doute envisagé le pire, sa mort, et prévu de faire envoyer cette lettre si les choses tournaient mal.

– Vous vous souvenez tout de même du message délivré par la lettre ?

– Smith lui fixait un nouveau rendez-vous le jour même. Du coup, Jan entrevoyait à nouveau la possibilité de récupérer le CD-Rom. »

Cette lettre ne doit pas vous surprendre, quelles que soient les circonstances ; accordez-lui foi.
Soyez à l'entrée sud des jardins de Rosenborg, à l'angle de Gothersgade et Kronprincessgade le 10 décembre à 16 heures précises. On vous y attendra.

Peter.

N.B. : Silence n'est pas tout... Sachez le briser.

Je relis plusieurs fois ces quelques lignes, sidéré, avant de rejoindre ma voiture. Ce sont bien les mots de Peter, dont je reconnais l'écriture et la signature. En dehors de la dernière phrase, sibylline, ils sont sans équivoque : Peter se sentait menacé et la lettre était prête à être postée si les choses tournaient mal pour lui... Postée par quelqu'un d'autre ; un complice, forcément. Smith avait peut-être décidé de tromper Gordon, mais il ne le faisait pas seul, et c'est avec son complice que j'ai rendez-vous. Cette fois encore, j'entrevois la possibilité de récupérer le disque : si Peter estimait sa vie suffisamment exposée pour s'entourer de telles précautions, il avait certainement pris soin de mettre le CD à l'abri.

Je dois me rendre à Rosenborg cet après-midi. Même si les souvenirs de ma première expérience me trahissent, j'ai l'impression de revoir la scène sans distinguer les visages, les mots, ni même l'issue des événements, comme depuis le début de ce retour. Cependant, reprendre possession des résultats de P3 et compléter ces travaux, c'est probablement le meilleur moyen d'attiser les convoitises. De faire de moi une cible à séduire... ou à éliminer.

Enfin un mobile pour ma mort prochaine. J'irai à Rosenborg.

Il est 15 h 30. Je me lève de mon bureau pour passer la tête par la porte de communication qui mène à celui d'Helena. La pièce est déserte ; elle ne remarquera pas mon absence.

Rosenborg n'est pas loin, je peux m'y rendre à pied : le ciel ne semble pas trop menaçant. Et puis, il est inutile d'éveiller l'attention du gardien du parking en quittant si tôt l'enceinte de l'institut. Je saisis mon imperméable et me glisse dans le couloir pour emprunter les escaliers de service qui me font sortir directement sur Gotesgade.

Je presse le pas pour m'éloigner au plus vite, jetant un regard inquiet derrière moi de temps à autre, jusqu'au moment où j'atteins le croisement avec Ostervoldgade, très encombrée. Je longe ensuite le parc, magnifique malgré la nudité des arbres, mais je n'en profite pas : mon regard est rivé sur l'entrée du jardin, encore lointaine, où il me semble apercevoir une silhouette immobile.

Je regarde le cadran de ma montre : 15 h 50. Mon rythme cardiaque s'accélère au fur et à mesure que j'approche du lieu de rendez-vous. Les contours de la silhouette se dessinent mieux. La carrure est large, celle d'un homme probablement. Il porte un long manteau noir et un chapeau gris dont le rebord jette une ombre sur le haut du visage, que je distingue mal. J'arrive enfin au feu qui autorise les piétons à traverser, et il n'est plus maintenant qu'à quelques mètres de moi, de dos. Je m'arrête à un pas de lui, et mon visage contracté doit trahir l'insoutenable tension qui m'habite.

Il se retourne enfin, m'offrant son profil, sans m'accorder un regard. Il doit avoir quarante ans, il a les cheveux courts, qui grisonnent sur les tempes. Ses traits sont sans expression, il paraît absolument calme, alors que mes carotides battent à se rompre. Il relève la tête, jette un regard furtif dans ma direction, puis vers une voiture qui semble ralentir à sa hauteur. Il laisse tomber sa cigarette, l'écrase du pied et, tandis que je me décide à l'accoster, il se précipite vers la voiture alors arrêtée. Il monte à l'avant, embrasse la femme au volant et échange quelques mots avec elle en me désignant du regard. Immobile, je scrute leur réaction, ostensiblement cette fois, avec une ébauche de sourire. Elle part d'un fou rire, puis fronce les sourcils en agitant un index réprobateur dans ma direction. Sur le trottoir, les bras ballants, je saisis enfin la méprise de cet homme sur mes intentions et le comique du quiproquo...

Une voix féminine me parvient alors. Une voix familière, surgie d'un passé douloureux et d'un futur déjà vécu, qui me revient brutalement :

« Merci d'être venu, docteur Helleberg. »

Je tourne la tête en un éclair, abasourdi.

« Kirsten ? ! »

C'est elle, enveloppée dans une fourrure claire, discrètement arrivée pendant que mon attention était retenue par le type. Elle se tient paisiblement devant moi, comme par enchantement, alors qu'elle s'était envolée depuis des mois.

Le premier instant de surprise passé, je me rappelle sa trahison, et c'est tout mon corps qui se crispe. Elle a sans doute perçu mon mouvement de recul, car elle rentre la tête dans ses épaules, comme pour protéger son visage de mes yeux lourds de reproche. Son regard plonge vers le sol avant d'inspecter la longue allée qui s'enfonce dans le parc, en direction du château. Elle reprend, gênée :

« Ne restons pas ici, faisons quelques pas dans le parc, si tu le veux bien. »

J'acquiesce d'un signe de tête, sans me départir de ma froideur, croyant être vacciné à tout jamais contre son charme venimeux. Nous marchons en silence, chacun laissant à l'autre l'initiative de le rompre. Elle se décide :

« Tu attends des explications sur mon comportement comme sur celui de Peter. Tu vas comprendre, Jan, je le sais, et tu me pardonneras. »

Je reste impassible. Elle poursuit, beaucoup plus distante :

« Smith t'a expliqué pourquoi le gouvernement américain lui a demandé d'infiltrer l'Institut d'immunologie et de veiller à la sécurité de vos travaux. Depuis longtemps déjà, Gordon était dans le collimateur des enquêteurs, tu l'as compris. L'enquête a démarré en plaçant un observateur qui devait en même temps surveiller les agissements de Gordon et garder un œil sur ton équipe pour y détecter les failles. Le meilleur moyen pour cela était de faire embaucher par Gordon une scientifique qui pourrait répondre aux exigences professionnelles requises, tout en étant assez... proche du docteur Helleberg, par exemple. »

Elle marque une pause avant de me regarder et me prend par le bras pour arrêter mon pas.

« Jan, quand nous nous sommes retrouvés, en juin, c'était initialement dans le but de repérer les faiblesses de ton système, c'est vrai, je ne veux pas te mentir. Mais par la suite mes sentiments pour toi n'étaient pas un jeu. Je ne pouvais cependant rien te révéler sans risquer de t'effrayer, que ce soit mon poste officiel chez Gordon ou le rôle effectif que j'y jouais pour le compte de la NSA. »

Elle tente en vain de trouver un semblant de douceur dans mes yeux. Elle laisse pourtant son bras autour du mien et m'entraîne à nouveau sur le sentier.

« Je n'avais cependant qu'un rôle d'observation à tes côtés et, bien sûr, pas pour le compte du laboratoire. Je crois par ailleurs sincèrement qu'aucun des membres de l'équipe scientifique n'était au courant des manœuvres d'espionnage de notre employeur, excepté moi, et que personne ne s'y serait prêté.

« Quand Gordon a annoncé publiquement la découverte de la deuxième phase de Silence alors que nos recherches ne nous permettaient pas de le faire, l'équipe entière s'est posé des questions, et j'ai eu la certitude que le laboratoire utilisait une source d'information située forcément dans votre institut. Je te savais cependant persuadé de ma culpabilité. J'étais donc définitivement privée de ta confiance et il était inutile que je revienne auprès de toi pour protéger ce qui restait à protéger, à savoir la troisième phase, P3.

« C'est à ce moment-là que Peter est entré en action pour me remplacer, avec le concours du Moore Institute, qui offrait une excellente couverture pour introduire notre agent sans éveiller les soupçons du principal suspect. »

Du coin de l'œil, Kirsten guette ma réaction, que je contiens avec effort. Elle enchaîne sur un ton grave :

« Jan, tu dois accepter la culpabilité évidente de Jesper, même si elle t'horrifie ! Tu le crois intègre et passionné alors qu'il n'a pas plus de scrupules que le tueur qu'il a su être hier. Ouvre les yeux ! »

Son visage s'est empourpré, et elle extrait de son sac une pochette opaque scellée qu'elle me tend.

« Voici un peu de lecture pour te faire comprendre certaines choses au sujet de Sorensen. Il n'y a pas d'alternative, Jan, réfléchis un instant. »

J'explose en saisissant Kirsten par les épaules :

« Tu es la dernière personne qui puisse m'aider à y voir clair ! Tu as eu le comportement le plus abject, le plus vicieux qui soit, et, si je dois *réfléchir*, comme tu me le demandes, c'est plutôt à la façon de décrypter tes mensonges... »

Réalisant la brutalité de mon geste, je desserre mon étreinte, et elle se libère de ma poigne en réajustant son manteau, muette.

« Kirsten, je pense plutôt que tu ne vaux pas mieux que Smith, et... »

J'interromps ma phrase, voyant son visage se fermer. C'est de toute façon préférable, parce que mon agressivité risquerait de couper court à notre entretien. Et surtout parce que, en un éclair, tel un flash prémonitoire – ou est-ce une réminiscence que m'autorise la Vie ? –, j'ai entrevu la suite de notre échange.

Je me calme instantanément, je souris presque, à sa grande surprise – mais comment pourrait-elle comprendre ? J'inspire profondément, suspendu à ses lèvres, alors qu'elle va ouvrir la bouche, pensant me prendre de court, pour prononcer des mots qui résonnent encore dans mon esprit, venus d'un souvenir lointain :

« Jan, c'est moi qui ai le CD-Rom. »

Elle m'accorde le temps qu'elle croit nécessaire pour que j'assimile ce que je savais déjà depuis quelques instants, alors que je m'amuse à deviner la suite de ses phrases.

Elle poursuit, déstabilisée par mon calme olympien :

« Peter avait pris la précaution, avant de te rencontrer, de me confier le disque, en me recommandant de poster la lettre que tu as reçue pour que je puisse t'éclairer.

« Je suppose que tu n'as plus de temps à perdre si tu veux compléter les résultats de cette dernière étape ; il faut donc que je puisse te restituer le CD au plus vite. Cependant, sache que Sorensen surveille tes mouvements, c'est une évidence, et c'est de cette façon qu'il a pu repérer et suivre Peter jusqu'à l'hôtel où on a retrouvé son corps...

« Il est peut-être en train de nous observer, c'est pourquoi je n'ai pas le disque sur moi. C'est aussi la raison pour laquelle tu ne peux pas le récupérer toi-même. Je le remettrai à une personne en laquelle tu as confiance, et qui n'a pas éveillé la méfiance de Sorensen. »

Je sais parfaitement où elle veut en venir, et je tremble déjà. Là encore, j'aimerais que l'histoire change, je ferais n'importe quoi pour ne pas exposer Lara à un quelconque danger. Mais tout se répète, implacablement.

« Tu... partages ta vie avec une jeune femme dont on dit beaucoup de bien, je crois. » Elle a baissé les yeux en disant cela, et je perçois une légère contraction des muscles de son visage. « Une journaliste, pleine de sang-froid, je suppose, comme le veut sa profession ? »

Je crois ressentir, pour la première fois depuis le

début de notre discussion, le froid de l'hiver, mais c'est la peur qui me saisit.

« Pas elle, Kirsten, je ne veux pas la mêler à tout cela. »

Pourtant, en prononçant ces mots, je sais que je lutte en vain, puisque rien ne peut modifier ce qui s'est produit la première fois ; c'est elle qui ira.

« Jan, il faut que ce soit elle. C'est la seule façon de te faire parvenir le CD-Rom sans risquer de voir Sorensen l'intercepter. Il ne faut d'ailleurs pas qu'il sache que tu l'as récupéré. S'il l'apprend, il te laissera paisiblement finir le travail pour ensuite se l'accaparer avant que tu puisses l'exposer aux Communications immunologiques en janvier. Et après cela, Jan, non seulement il n'aura plus besoin de toi, mais tu seras gênant, ...aussi gênant que l'étaient Peter ou cette pauvre fille qui lui tenait compagnie. » Elle s'approche de moi avec ce regard pénétrant qui n'appartient qu'à elle. « Tant que Sorensen reste dans l'incertitude, tu es en sécurité. Après, tu es mort, Jan. »

Elle sait qu'elle m'a persuadé et, pour me rassurer, elle ajoute avec une certaine tendresse :

« Je comprends parfaitement que tu veuilles préserver ton amie, mais c'est notre seul espoir. Il est clair cependant qu'elle sera d'autant plus en sécurité qu'elle n'aura pas baigné dans cette sordide histoire ; c'est pour cela que tu dois lui révéler le strict minimum. Quelles que soient tes convictions au sujet de Sorensen, n'effraie pas cette femme en lui parlant du rôle qu'il a pu tenir dans cette affaire.

La peur nous place parfois dans de très mauvaises postures... »

Kirsten s'est tue maintenant ; elle sait que je ne peux que me plier à sa proposition, elle ne me laisse de toute façon pas le choix. Résigné, je réponds :

« Très bien, dis-moi ce que tu attends d'elle. »

Elle ébauche un sourire, consciente de l'anxiété que suscite en moi une telle démarche.

« Comment s'appelle-t-elle, déjà ?

– Lara. Lara Radford. Elle est grande, brune... »

Kirsten m'interrompt sèchement :

« Je sais à quoi elle ressemble, Peter m'a fourni une photo d'elle. » Et, après une courte pause : « Elle est très jolie... » Ses joues s'empourprent légèrement, puis elle reprend : « Je l'attendrai demain, jeudi, devant la Petite Sirène, sur Langelinie. Qu'elle y soit tôt le matin, à 8 heures.

– Elle y sera.

– Parfait. Je te demande encore de garder secrets notre rencontre et mon rôle. Sorensen n'en a pas eu vent, j'espère. Souviens-toi, Jan, que personne d'autre que Lara et toi ne doit te savoir en possession du CD-Rom. Personne, si tu veux vivre. »

Ça n'a pourtant pas suffi, Kirsten...

J'acquiesce de la tête, et elle m'offre son plus beau sourire, que j'aimerais croire sincère, avant de s'éloigner dans le parc.

Le vent se lève, glacial, et je me décide à repartir vers le laboratoire, tandis que tout se bouscule dans mon esprit.

Comment faire la part des choses ? J'ai cru que revenir me permettrait de discerner le vrai visage des êtres qui m'ont entouré, et je m'égare dans la multiplicité de leurs facettes, déchiré entre une réalité hypothétique épouvantable et l'image idéale que je voudrais découvrir.

J'aimerais que Kirsten soit sincère, qu'elle soit avec Peter du bon côté de la barrière... Alors qu'elle est peut-être la complice de Smith, arrosant l'arroseur, qui décide de doubler Gordon en négociant une restitution du CD-Rom. Pourtant, elle n'a rien exigé pour le remettre à Lara, demain. Serait-elle le pion fidèle du laboratoire ? Gordon élimine Smith, récupère le CD-Rom, et Kirsten en exploite le contenu. Le laboratoire prend alors conscience du rôle de Smith ; la prise en charge de l'enquête par le gouvernement et les suites possibles d'une affaire criminelle effraient Gordon qui décide d'apaiser les esprits en rendant le disque par l'intermédiaire de Kirsten.

Je ne sais pas, je ne sais plus. Une seule chose me paraît indiscutable : je peux récupérer le CD-Rom.

Il faut que je le récupère. Comme je l'ai fait, quelques jours avant ma mort, grâce à Lara. Parce que je veux savoir pourquoi la récupération de ce disque, soumise pourtant au secret le plus strict, m'a tout de même conduit à l'issue fatale que j'ai connue.

J'ai quatre jours pour le découvrir, me dis-je rageusement en poussant la porte de service de l'institut.

Il est 19 heures et je tente de trouver une place pour garer ma voiture sur Studiestraede, près de l'hôtel où Lara est descendue.

J'arrive dix minutes plus tard dans le hall et je lance au réceptionniste : « Veuillez, je vous prie, prévenir Mlle Radford de mon arrivée... », avant d'emprunter l'ascenseur.

Je regarde les étages défiler sur le cadran à cristaux liquides. La persuader... Je sais que je n'aurai pas à insister, parce que je la devine prête à tout pour moi, pour nous. Mais comment le lui dire ? Je décide de lui cacher la culpabilité éventuelle de Jesper et de lui épargner les détails inquiétants et les raisonnements de Kirsten, pour ne pas l'effrayer.

Je n'ai cependant pas le temps d'opter pour une démarche bien déterminée : les portes de l'ascenseur s'ouvrent et je la découvre, ravissante, enjouée, sur le seuil de sa chambre. Elle m'enlace tout en m'attirant derrière la porte. Mes lèvres doivent avoir un goût de contrariété : elle recule et remarque mon air anxieux.

« Jan Helleberg, dis-moi tout. Tu as été au rendez-vous... Veux-tu que nous en parlions ? »

Je m'installe sur le canapé qui occupe la partie salon de sa chambre et elle vient m'y rejoindre.

« Oui, j'ai été au rendez-vous cet après-midi.

– Et alors ?

– Kirsten, Kirsten Olsen était là. Mon ex-épouse. »

Lara me regarde, interloquée.

« Elle m'a révélé que Smith et elle étaient des agents du gouvernement, Lara. Contrairement à ce que nous avons pu penser, Smith a dérobé le CD dans le but de le soustraire à l'espionnage de Gordon, et l'a remis à Kirsten avant sa mort. Elle doit me le restituer afin que je puisse, dans la plus grande discrétion, terminer les travaux de P3, tout en laissant Gordon penser que je les ai interrompus après le vol... »

Lara fronce les sourcils.

« En réalité, rien n'est très clair, j'en suis conscient, Lara, mais j'ai l'opportunité inespérée de récupérer le fruit de mes travaux, c'est tout ce qui compte. »

Lara ne dit rien ; elle attend la suite, parce qu'elle sent bien qu'il manque une pièce dans mon discours. Elle me devine si facilement... Je souffre de lui cacher la révélation essentielle de Kirsten. Je chasse mon malaise en enchaînant :

« Je vais avoir besoin de toi, mon amour. »

J'ai honte d'employer le lien affectif qui nous unit pour obtenir d'elle ce qu'elle ne pourra pas refuser, je le sais.

« Tu peux compter sur moi, Jan. »

Elle me fixe, vibrant de cette passion que j'ai le sentiment de trahir en lui taisant certains propos.

« C'est toi qui récupéreras la disquette, Lara. »

Elle reste silencieuse un instant.

« Si Kirsten est un agent du gouvernement, pourquoi ne pas envoyer en toute tranquillité la police à ce rendez-vous ? C'est trop scabreux, Jan, et la fin terrible de Smith nous prouve la nature du danger auquel nous nous exposons...

– Kirsten a pu mentir sur son identité et, quoi qu'il en soit, si elle réalise que je n'ai pas respecté ses conditions... Je ne voudrais pas risquer de voir le CD-Rom détruit, comprends-moi, Lara. »

Elle se lève, se dirige lentement vers la fenêtre et

laisse courir son regard. Elle tourne enfin la tête vers moi pour répondre :

« J'irai, tu sais parfaitement que j'irai. »

Elle reste ensuite longuement dans mes bras, assez pour que passe tout ce que les mots ne véhiculent pas. Ma mort prochaine vient pour la première fois jeter une ombre douloureuse sur les jours qui me restent à vivre. Je préfère me lever.

« Je vais rentrer, chérie. »

Je prends une grande inspiration avant de poursuivre en contrôlant le tremblement dans ma voix :

« Kirsten t'attendra devant la Petite Sirène, sur Langelinie, à 8 heures demain matin. C'est elle qui te reconnaîtra et elle te remettra le CD-Rom. »

Elle acquiesce en souriant, affichant une décontraction feinte à laquelle je réponds maladroitement.

« Si je pensais un seul instant que tu risquais quelque chose, jamais je ne te laisserais t'y rendre.

– Je le sais, ne t'inquiète pas. A demain, mon amour. »

Elle a fermé la porte. Je suis persuadé, effectivement, qu'elle ne risque rien pour l'avoir déjà vécu : elle reviendra indemne avec le disque. C'est la seule certitude qu'offre la Vie à ma mémoire.

Il est 7 h 40. J'ai compté les heures toute la nuit, j'ai même vu le dateur passer du 10 au 11 décembre. Et j'ai sursauté quand Lara m'a téléphoné, à 7 h 15, pour me dire qu'elle partait.

Elle doit traverser toute la ville depuis l'hôtel pour

arriver à Langelinie, elle ne veut pas prendre le risque d'être en retard.

Je suis incapable de me rendre à l'institut et d'y travailler, mais rester au lit m'est encore plus insupportable. Je n'ai pas cessé de retourner toutes les hypothèses et, si certaines me paraissent plus plausibles que d'autres, une énigme reste insoluble jusqu'à ce jour : ma mort ne trouve toujours pas de justification.

Je vais récupérer le disque dans quelques heures, certes. Mais si Jesper est bien à la solde de Gordon, il ne sait pas que je suis sur le point de posséder à nouveau tous les éléments pour terminer la dernière phase d'étude ; il n'imagine par conséquent pas pouvoir faire main basse sur l'ensemble et m'abattre ensuite.

Par ailleurs, si par miracle Gordon sait exploiter le CD-Rom et parvient à achever les travaux de la troisième phase sans ma touche finale – ce dont je doute fort –, il aura atteint son but, Smith sera mort en endossant la culpabilité de la diffusion d'informations ; Jesper restera propre. Rien ne l'oblige, dans ce cas non plus, à me tuer.

Non, vraiment, rien ne motive ma mort, et c'est exaspérant.

Je me lève et reprends le dossier que Kirsten m'a remis concernant Jesper. Je l'ai décortiqué je ne sais combien de fois : aucune preuve accablante, mais une série d'articles et de dossiers troublants. Comme l'a précisé Smith, le nom de Jesper est associé à toutes les entreprises concernées. Mais jamais de preuve irréfutable...

Je jette avec lassitude la liasse de feuilles sur le bureau, sur la volumineuse enveloppe que Lisa Folcker m'a fait parvenir il y a quelque temps. Là encore, rien de bien concluant, si ce n'est la liste des membres de l'équipe scientifique de Gordon, ainsi qu'un historique assez précis du laboratoire et de son activité.

Machinalement, je saisis l'enveloppe en même temps qu'un magazine féminin que Lara a laissé traîner sur la table. Je m'affale dans le canapé du salon et je commence à feuilleter la revue quand, maladroitement, je fais tomber le dossier de Lisa. Le contenu s'éparpille, et mon regard s'arrête sur une série de photographies qui n'a pas retenu mon attention jusqu'ici. Elles représentent le staff scientifique du laboratoire lors de différents congrès, ainsi que d'autres chercheurs présents aux mêmes occasions. Je souris en me reconnaissant sur un cliché, aux côtés de Jonathan, notamment. L'image suivante est de moins bonne qualité, elle est plus ancienne, en noir et blanc. Je retourne la photographie : Lisa a pris soin de les dater ; celle-ci comporte la mention *juin 86.* Je reconnais Nielsen, le prédécesseur de Jesper ; Jesper lui-même, ainsi qu'une jeune femme qu'il tient par la taille et dont je distingue mal les traits. Je suis obligé de placer le cliché sous une source de lumière pour mettre un nom sur ce visage.

Kirsten.

En une fraction de seconde, l'association que je n'ai jamais eu la présence d'esprit d'effectuer me fait blêmir. Kirsten et Jesper, tous deux à la solde de

Gordon... Tout devient clair maintenant. Je me redresse lentement, tandis que quelques gouttes de sueur perlent sur mon front. Je tente de rassembler mes esprits pour reconstituer ce qui émerge enfin.

Smith travaillait effectivement pour le gouvernement, et il tentait de mettre à l'abri les résultats de P3 avant que Jesper ne s'en empare. Jesper le retrouve, le tue et récupère le CD-Rom. Mais Peter ne s'est pas trompé : les chercheurs de Gordon ont besoin du complément de résultats qu'il me reste à fournir pour utiliser le contenu du CD. Kirsten me restitue le disque, dans l'espoir de me voir compléter les données de cette dernière étape. Elle insiste sur la nécessité de mon silence pour que seul Jesper me sache en possession du CD, qu'il récupérera avec le reste des résultats... Avant de me tuer.

Le scénario est presque trop parfait ; je ne peux pas m'arrêter là. Je dois retrouver Kirsten et en avoir le cœur net.

Ce n'est qu'à ce moment-là que l'image de Lara m'apparaît. Je regarde à nouveau ma montre : il est 7 h 45. J'ai peut-être encore le temps d'intercepter Kirsten avant qu'elle ne quitte le lieu de rendez-vous. Et puis, si la Vie avait changé d'avis ? Si Elle décidait de modifier le passé, exposant Lara à un danger quelconque ?

Affolé, j'arrache mon peignoir d'une main, enfile les premiers vêtements qui se présentent et me précipite au volant de ma voiture.

Je démarre en trombe pour m'engager sur le bord de mer. Klampenborg est tout au nord de Copenhague et je dois traverser une bonne partie de la ville en direction du sud pour atteindre Langelinie. Je file sur la route qui longe la côte en priant pour qu'il n'y ait pas de véhicule en sens inverse. Il est 7 h 53 et je suis englué dans la masse qui parcourt Osterbrogade à cette heure. Le feu me paraît interminable. Je démarre dans un épouvantable crissement de pneus pour emprunter la rue qui me ramène vers la voie ferrée. Je sens les pulsations de mon cœur irradier jusqu'à mes tempes.

8 h 04. Je passe le pont qui enjambe les rails dans un rugissement de moteur ; pourvu que l'une d'elles ait eu du retard... En bas du pont, je freine par miracle pour m'arrêter à quelques centimètres d'une camionnette qui effectue un demi-tour : elle est en travers de la route, barrant tout passage. Je hurle au conducteur de se presser, mais il ne m'entend pas. Soudain, il interrompt sa manœuvre : son moteur a calé. Je laisse échapper un juron, bondis hors du véhicule et me mets à courir de toutes mes forces vers le lieu de rencontre prévu. J'atteins la statue de la Petite Sirène hors d'haleine.

Il est 8 h 07, et je suis seul.

Je tourne sur moi-même pour inspecter les alentours, mais rien.

Je m'accroupis, épuisé, et ce n'est que lorsque je relève la tête en direction du Pavillon, sur la droite, que j'aperçois la silhouette de Lara.

Je suis trop loin pour distinguer ses traits, mais sa précipitation et ses gestes désordonnés trahissent une angoisse. Fou d'inquiétude et en même temps rassuré de la savoir indemne, je reprends ma course dans sa direction, tandis qu'elle entre dans une cabine téléphonique. Peut-être les choses se sont-elles mal déroulées, et elle tente de me joindre... Je crie son prénom en accélérant le pas, mais quand j'arrive à la cabine, c'est trop tard : elle s'est engouffrée dans un taxi qui s'éloigne déjà. Je m'en veux de n'avoir pas songé à emporter mon téléphone portable...

Peut-être m'a-t-elle laissé un message, sur le répondeur intégré à mon portable, ou à mon domicile ? Que voulait-elle me dire ? Je fouille nerveusement dans mes poches, et je n'en sors qu'une malheureuse pièce – le reste est dans la voiture. C'est assez pour interroger mon répondeur... mais lequel ?

J'ai alors la présence d'esprit de décrocher le téléphone dans la cabine qu'elle vient d'emprunter, d'insérer ma pièce et d'appuyer sur la touche qui mémorise le dernier numéro composé. Celui-ci apparaît sur l'écran du téléphone. Il ne s'agit d'aucun de mes deux numéros. Il m'est pourtant familier ; je n'ai qu'à entendre la voix qui répond à mon appel pour le reconnaître :

« Secrétariat du docteur Sorensen, bonjour... Oui ? Allô ? Allô ? »

Je raccroche, lentement, car ma main est prise d'un tremblement qui s'étend à tout mon corps. Je m'adosse au mur de la cabine et me laisse glisser vers le sol, les yeux fermés.

Je tourne à nouveau la tête en direction de la statue. J'inspire, me redresse et reprends ma course dans un mouvement totalement désordonné pour atteindre le lieu du rendez-vous. Je m'approche du bord de l'eau, dont le reflux timide s'écrase contre les roches lisses. Je fais quelques pas encore afin de me pencher et de prendre dans le creux de la main un peu d'écume.

Une écume rouge.

Je contourne les quelques arbres dont les troncs s'inclinent vers la surface de la mer. En équilibre sur une pierre émergée, je me penche, prenant appui sur quelques racines exubérantes, et découvre le corps ensanglanté de Kirsten qui flotte, retenu par le branchage retombant.

Une violente contraction de l'estomac me fait vomir au même instant.

Je me dirige, pantelant, vers la voiture et tente de retrouver quelques forces pour démarrer. Tel un automate, vidé de mon énergie, je traverse le pont en sens inverse et laisse la voiture longer la rue de Stockholm, puis le jardin botanique, jusqu'à l'institut. Il est tôt, et les locaux ne sont pas encore très animés. Je monte machinalement les escaliers qui mènent au deuxième étage et me dirige vers le bureau attribué à Smith lors de son passage.

A peine installé à son bureau, je retrouve un peu d'énergie. J'allume l'ordinateur sur lequel l'Américain a travaillé.

Peter, aide-moi, dis-moi que je me trompe, que la vie ne peut pas être l'enfer que je viens d'entrevoir...

Je tape le code d'entrée commun à tous les appareils périphériques, afin d'accéder aux répertoires du disque. Après quelques manipulations, j'arrive enfin à faire apparaître l'icône que je recherche :

DocPeter. Le répertoire contenant les informations personnelles de Smith.

« Je suis en possession de renseignements concernant plus particulièrement Sorensen, mais je n'ai pas encore l'autorisation de vous les communiquer. »

Ce sont les mots de Peter, dont je commence à mieux cerner le personnage. Il me faisait confiance et, s'il a subtilisé le CD-Rom pour le mettre à l'abri, s'il a pressenti un danger qui l'a poussé à m'envoyer la lettre, il a certainement pris soin de laisser accessibles des informations concernant les ennemis qu'il m'a désignés. Dans ce cas, elles se trouvent dans cette machine : c'est le seul endroit où Peter a pu stocker ces informations et auquel j'ai libre accès, il le savait.

Tout est dans ce répertoire, j'en suis persuadé.

J'en commande l'ouverture, qui m'est interdite sans le mot de passe. Bien sûr... Comment penser que Smith ait pu laisser sans protection des informations de cet ordre ?

J'entre mon nom, mon prénom ; en vain. J'essaie ensuite tout ce qui peut se rapporter à l'espionnage, à l'industrie pharmaceutique, sans aucun succès.

Je tape du poing avec rage sur la table. Je me renverse sur le dossier du siège pour retrouver mon calme et réfléchir plus méthodiquement. Si ces informations me sont destinées, Smith a forcément imaginé le moyen de m'y faire accéder. Il faut me souvenir de ce qu'il aurait pu me dire, ou m'écrire... La lettre ! Bon sang, cette lettre, que contenait-elle ? Le rendez-vous avec Kirsten, et puis cette phrase, que j'ai tant de fois lue sans réussir à en comprendre le sens... Voyons, qu'est-ce que c'était ? Quelque chose avec Silence, mais je ne sais plus... Essayons avec le mot Silence. Non, ce n'est pas ça, toujours pas. Prenant appui sur le bureau, je pousse violemment avec le pied et laisse rouler mon fauteuil jusqu'au mur qu'il heurte.

Il faut essayer d'oublier l'horreur, de faire le vide dans ma tête.

C'était un conseil... Briser le silence, je crois, oui c'est ça : *Sachez briser le silence.* Comment brise-t-on le silence ? En parlant ? Je me précipite sur le clavier et tape nerveusement « parole ». En vain. J'ai envie de hurler à pleins poumons. Le bruit ! Le bruit, le contraire du silence ! Fébrilement, j'entre le mot et j'ai enfin accès au répertoire.

J'ouvre un premier fichier au nom de Jesper, qui laisse apparaître l'équivalent d'une fiche signalétique estampillée par la CIA.

« Sorensen Jesper
Né le 20-06-1949 à Roskilde – DK
Nationalité danoise... »

Je continue la lecture du texte, qui me révèle son passé dans le domaine de l'espionnage industriel et un casier judiciaire chargé.

Un peu plus loin, le bilan d'activité de Gordon et l'implication officieuse de Sorensen dans cette activité.

Enfin, un numéro de compte bancaire suisse découvert par les services de renseignements américains, sur lequel plusieurs versements ont été effectués par Gordon.

Je ferme le fichier pour ouvrir ceux de Peter et de Kirsten. Tous deux agents de la National Security Agency. Morts, tous les deux, peut-être à cause de ma crédulité.

C'est à cet instant que j'entends des pas dans le couloir. Je saisis à la hâte une disquette sur laquelle j'enregistre les trois fichiers avant de les effacer. Je referme le répertoire, éteins l'ordinateur et quitte sans bruit le bureau.

Ce n'est qu'au volant de ma voiture que je laisse libre cours à ma peine, à ma haine.

9

« Jan s'est rendu l'après-midi même à Rosenborg, suivant les indications de Smith. Kirsten Olsen l'y attendait.

– La femme dont il a divorcé ? C'était elle qui se trouvait au rendez-vous fixé par Smith ? Quel pouvait être le lien entre les deux personnages ? »

Lara baissa les yeux, prise de court. Ne pas mentir, surtout ne rien inventer, en particulier quand on est face à une journaliste, qui pourrait avoir la mauvaise idée de vérifier. Et puis mentir, c'est se fragiliser, c'est ouvrir une petite brèche qui peut devenir béante si votre interlocuteur se met à y fouiller...

Jusque-là, tout avait parfaitement fonctionné. Bridget avait été étonnamment réceptive au jeu de Lara. C'était pourtant un pari risqué, lorsque Lara avait ouvert la porte à la jeune femme. D'abord réticente, elle avait trouvé imprudent de laisser une journaliste lui poser trop de questions. De surcroît, Bridget semblait dubitative sur la cause accidentelle de la mort de Jan, ce qui la rendrait méfiante et attentive aux failles éventuelles de son discours.

Mais Lara avait tout de suite su exploiter la sincérité de sa consœur. Elle avait senti qu'elle trouverait en cette fille une alliée qu'elle pourrait manipuler si elle s'y prenait bien. Elle avait presque estimé l'enjeu excitant et intéressant, dans la mesure où l'entrevue la camperait définitivement dans le rôle de la veuve éplorée dans lequel elle avait excellé jusqu'ici. Mais si tout avait si bien fonctionné, c'était parce qu'elle s'était contentée de relater les événements tels qu'ils étaient apparus à tous – y compris à ce pauvre Jan, en l'occurrence –, sans avoir à modifier quoi que ce soit. Tout au plus avait-elle omis certaines choses.

Cependant, les questions de Bridget devenaient dangereuses, parce que plus précises. Les réponses nécessitaient de plus en plus une prise de position que Lara voulait éviter.

Elle se ressaisit et répondit sur un ton qu'elle espérait sincère :

« Kirsten Olsen travaille pour Gordon, elle est chercheur dans un domaine proche de celui de Jan, c'est d'ailleurs ainsi qu'ils se sont rencontrés, je crois. Pour Jan, Gordon a éliminé Smith, qui risquait de les trahir, et son équipe a copié le contenu du CD avant d'envoyer Kirsten restituer les informations.

« Lors de son entrevue avec Jan, elle aurait feint d'être un agent du gouvernement ; Smith aurait dérobé le CD pour mettre P3 à l'abri de Gordon et aurait chargé Kirsten de le restituer à Jan dans la clandestinité, afin qu'il puisse travailler et finir les travaux à l'insu de Gordon. Mais Jan n'y croyait pas.

– Elle n'a par conséquent rien exigé en échange du CD ?

– Non.

– Ce qui infirme la thèse selon laquelle Smith et elle étaient complices et tentaient d'échanger le disque avec Jan et l'institut pour leur propre compte. Vraiment, le rôle de ces deux personnages est difficile à cerner... »

Lara ne répondit pas. Calme, elle chercha à distraire Bridget en lui offrant un autre appât :

« Kirsten avait cependant une exigence : elle refusait que ce soit Jan qui récupère le CD-Rom ; elle prétextait qu'il était sans doute surveillé par Gordon, et qu'elle risquait ainsi d'être compromise. Elle lui a alors demandé de me confier cette mission ; c'est à moi qu'elle désirait remettre le CD-Rom.

– Pourquoi vous, Lara ?

– J'étais en dehors des méandres de cette sombre histoire, et elle savait que Jan pouvait avoir confiance en moi.

– Vous êtes-vous rendue auprès de cette femme, comme convenu ?

– Oui, bien sûr.

– Et elle vous a remis le CD-Rom, que vous avez rapporté à Jan. Quel invraisemblable retournement de situation, non ? C'est Jan qui devait être heureux... »

Lara ne savait pas si elle se prenait au jeu de sa méfiance ou si Bridget usait d'ironie, mais la remarque de cette dernière la mit mal à l'aise. Pourtant, comment aurait-elle pu savoir ?

« Il n'avait plus qu'une obsession : terminer les travaux de cette troisième et dernière phase. La tâche était d'autant plus difficile que tout devait être réalisé dans la plus grande confidentialité : Gordon ne devait pas savoir que Jan était en passe d'atteindre cet objectif. »

Enfin de retour chez moi, seul. Allongé sur le canapé, immobile, les yeux rivés sur le plafond. Les volets sont baissés, pour ne plus rien laisser filtrer, même pas la lumière. Quelle lumière ? Il fait nuit, dans mon cœur, dans mon esprit.

Ne plus sortir, ne plus travailler, ne plus regarder. Ne plus croire en rien. Ne plus jamais croire en l'amour.

Qu'avais-je donc à traquer la vérité comme ça ? Elle m'agresse, elle me fait mal, elle me met à feu et à sang ; la mort m'est plus douce que la vérité.

J'étais pourtant prêt à tout accepter, à tout voir, pour ne pas mourir sans comprendre. L'argent, le pouvoir, mes amis, mes collègues... tout. Tout pouvait me trahir, mais pas l'amour. Et toi, tu ne m'as abandonné que ton corps.

Pourtant j'y ai cru, j'ai cru que tu m'aimais, jusqu'au bout, jusqu'à aujourd'hui. J'ai encore envie de me tromper, j'ai envie de me mentir.

Jesper n'a pas arrangé notre rencontre.

Tu ne m'as pas fait croire que tu m'aimais pour endormir ma méfiance et surveiller mes faits et gestes ; tu n'étais pas le pion de Jesper à mes côtés, pour l'informer sans qu'il ait à fouiller à découvert.

Tu n'as pas prévenu Jesper lorsque j'ai rejoint

Smith au Finley's, n'est-ce pas, mon amour ? Parce que tu sais, je crois bien que Jesper l'a suivi jusqu'à l'hôtel pour le tuer...

Et quand Kirsten a voulu te remettre le CD-Rom que Smith avait pris la précaution de mettre à l'abri, tu ne l'as pas tuée, non, ce n'est pas toi. Et ce n'est pas toi qui attends patiemment que je finisse cette dernière phase et que je te confie le CD-Rom ainsi complété, persuadé de le savoir en sécurité entre tes mains. Non, tu n'irais pas jusqu'à en informer Jesper, tout de même ? Parce que tu sais, chérie, je crois que Jesper va alors assurer au laboratoire américain qu'il possède la totalité de P3, donnant ainsi le feu vert pour que Gordon annonce publiquement la découverte dès le lendemain, signant du même trait notre défaite.

Sur le moment, je vais croire que Kirsten m'a menti, bien sûr, et que Gordon a tout de même copié le CD avant de me le rendre, pour clore la troisième phase avant moi. Mais, dès qu'ils rendront officiels leurs travaux pour confirmer leur déclaration, à l'occasion des Communications de Boston sans doute, les résultats de Gordon seront tellement similaires aux miens que je soupçonnerai une fuite... Et je deviendrai suspicieux à ton égard, puisque c'est à toi, et à toi seule, que j'aurai confié le CD-Rom complété... Je serai gênant, à ce moment-là. Il vaut mieux m'abattre avant ; le plus tôt possible, dès que je t'aurai remis le disque avec la totalité de P3.

Lara, mon amour, le 15 décembre, tu ne vas pas me tuer, tout de même ?

Je prends mon visage dans les mains, sans pouvoir

retenir mes larmes. Elle ne m'aime pas, bien sûr, et toi aussi, la Vie, tu t'es fait malmener par cette fille. Ta magie n'y peut rien : elle a tout bafoué, tout saccagé, même l'amour, ton plus beau présent.

« Tu n'as rien trouvé d'autre à faire que de me réexpédier dans le temps pour constater le désastre ! »

J'ai hurlé, et l'écho de ma propre voix me revient. Je me redresse péniblement sur mes avant-bras, apaisé. Est-ce uniquement mon cri libérateur ? Il me semble qu'une main invisible s'est posée sur moi. Je me retourne, avec le sentiment d'une présence près de moi.

Tu es là, Toi qui avais déjà tout vu ; Tu viens constater les dégâts. Et me signifier quelque chose. Tu n'as rien trouvé d'autre à faire que de me réexpédier dans le temps pour constater le désastre... Serais-je là pour autre chose ? Pour réaliser ce que Tu n'as pas pu faire ?

La vengeance pourrait être savoureuse, Tu sais, si Tu me permettais quelques changements dans le cours d'un futur un peu trop triste...

Non ; après réflexion, pourquoi modifier quoi que ce soit ? Nos ennemis nous ont démontré magistralement que tout n'est que surface. A moi de te proposer un pacte que Tu peux signer sans crainte, je m'en tiendrai toujours aux règles énoncées dans le premier contrat qui nous lie ; laisse-moi simplement employer leurs armes, j'en connais parfaitement le fonctionnement, maintenant. Pour le reste, le chemin tracé sera respecté : je vais confier à Lara le disque complété, Gordon annoncera sa victoire... et Jan Helleberg mourra. On n'y verra que du feu.

Je regarde ma montre : il est 10 heures. Décidément, la Vie a le chic pour jouer avec le temps sans que je m'en rende compte. J'ôte les vêtements enfilés plus tôt dans la précipitation, et je choisis une tenue plus adaptée pour me rendre à l'institut ; je n'ai pas une minute à perdre si je veux terminer d'exploiter les derniers résultats de nos travaux et clore P3. Au même moment, le téléphone sonne.

« Helleberg, oui ?

– Jan ? C'est moi, Lara. »

N'aie crainte, je te reconnais. Mais tu ne dois rien déceler dans ma voix ; je feins l'impatience :

« Lara ! Enfin ! Je me faisais du souci... Tout s'est bien passé ?

– Oui, j'ai le CD-Rom, Jan, j'ai le CD-Rom ! »

J'ai encore sous les yeux l'image de Kirsten défigurée, ensanglantée. J'ai la furieuse envie de te torturer et t'obliger à mentir ; j'aimerais que tu me dégoûtes, mais je crois que c'est déjà fait. Et puis, il est sans doute plus judicieux que tu continues à me croire aveugle.

« C'est merveilleux, j'ai du mal à le croire... Quand peux-tu me l'apporter ?

– J'ai eu un coup de fil de Lisa, il faut absolument que je lui transmette quelques documents urgents par fax cet après-midi. Mais tu l'auras ce soir ; je serai à l'institut vers dix-neuf heures. »

Tu as raison, Lara, il ne faut pas beaucoup de temps pour réaliser la copie d'un CD-Rom... Il n'est pas complet, mais vous préférez vous assurer d'être en possession de ce qui a déjà été fait.

« Très bien, je tiendrai jusqu'à ce soir... »

Les quatre jours qui nous séparent du dénouement vont être difficiles. Qui jouera le meilleur double jeu ? J'ai besoin de me rendre à l'institut au plus vite.

Max m'accueille dans son service avec le sourire de la reconnaissance ; il n'a pas oublié mon soutien face à Jesper.

« Docteur, mes ordinateurs s'ennuient depuis qu'on les a dépouillés. Qu'en est-il des résultats statistiques des cultures de Cytomegalovirus ?

– Mon ami, j'ai du travail pour ton troupeau de bestioles, mais avant de le leur confier, peut-on être sûr de leur discrétion ? »

Je regrette déjà mon trait : la blessure a mal cicatrisé. Il répond sèchement :

« Une leçon me suffit, surtout quand elle est de cette taille... Tu peux effectuer toutes les manipulations que tu désires sur les bécanes de la maison sans arrière-pensée, je contrôle les interventions trois fois par jour, et tout transite par moi. On n'a pas accès aux archives sans...

– J'en suis sûr, pardonne-moi, c'était une plaisanterie... Max, je voudrais tout de même exploiter les résultats des tests in vitro concernant la fixation de Sigma sur les cellules infectées quiescentes. »

Max me regarde, surpris.

« Je sais, ça n'a pas grand intérêt maintenant, mais rester sur quelque chose d'inachevé, c'est frustrant.

Et puis, qu'on en attribue au moins la réalisation à l'équipe, pour l'honneur... »

Max sourit et me prend amicalement par l'épaule.

« Tu as raison, Jan. Pas de problème, je suis prêt et disponible, quand tu le désires. Et je te garantis que pour dérober ça, il faudra me passer sur le corps. » Et, en tapotant son ventre proéminent, il ajoute, goguenard : « Et m'enjamber relève de l'exploit olympique ! »

Je quitte le service informatique, conforté dans mon idée que Jesper va sagement attendre la fin de mon travail : rien ne peut être dérobé au niveau du système informatique. C'est un risque qu'il ne prendrait pas, sachant Max aux aguets.

Perdu dans mes pensées, je sursaute en entendant mon nom : Jesper m'a vu passer dans l'entrebâillement de sa porte.

« Entre, Jan. »

J'hésite une fraction de seconde avant de le rejoindre ; j'ai droit à un peu de plaisir, somme toute.

« Des nouvelles de Wallenberg, Jesper ?

– Non, il est plutôt discret, depuis la disparition de Smith. »

L'occasion est trop belle, Sorensen, tu me tends le bâton pour te battre.

« En sait-on plus long à ce sujet ? L'inspecteur Larsen devrait avoir progressé dans ses investigations... »

Jesper ne cille même pas, remarquable dans le contrôle de ses expressions.

« Je ne suis pas encore recyclé dans la police, mais on parle d'une agression crapuleuse, semble-t-il.

– Quoi qu'il en soit, ça ne nous rendra pas le CD-Rom... » Et, comme je décèle enfin un signe de contrariété, j'enfonce le clou : « J'ai presque envie de détruire les derniers éléments de P3 qui devaient compléter les résultats.

– Quel gâchis... Mais si cela te défoule, fais-le. »

Jesper, extraordinaire de vice... Tu me sais en possession du disque, tu sais que je bluffe et tu entres dans mon jeu ! Pourtant, les règles t'échappent maintenant. Il est bien plus compliqué que tu ne l'imagines, ce jeu : ce dont tu n'as pas conscience, c'est que je te *sais* au courant. Notre double comédie m'est jubilatoire, mais je n'ai pas le loisir d'en profiter : l'interphone résonne.

« Docteur, Mlle Radford aimerait rencontrer le docteur Helleberg.

– Il est ici, en effet...

– Elle l'attend dans son bureau.

– Merci, Inge. Mon cher, je te rends à ta moitié. »

Tu mens, salaud, tu me l'as juste prêtée... Mais je préfère me contrôler avant de rejoindre Lara.

Je quitte la pièce avec le sourire, prêt à la jauger. Elle m'attend, assise au bord de la table, brandissant le disque comme une icône sacrée, à mon arrivée. Elle se jette à mon cou. Pour une fois, la réjouissance pourrait être sincère. J'attaque le premier :

« Je suis malheureux d'avoir dû cacher à Jesper la restitution du disque ; notre échec le fait tellement souffrir... » C'est presque trop facile ; Lara réplique dans la seconde qui suit :

« Mon chéri, tu ne cherches pas à le blesser, ce n'est pas une marque de méfiance, c'est simplement de la prudence. Ce que vous avez vécu lui fera accepter ta discrétion sans t'en vouloir, j'en suis persuadée. Et puis, il se consolera en annonçant officiellement la clôture des travaux de P3 ; ça vaut bien un petit secret, non ? »

Merci, je voulais juste savoir de quoi tu étais capable.

Le souci de perfection te fait sans doute rajouter :

« De toute manière, compléter les travaux ne te demandera pas beaucoup de temps, n'est-ce pas ?

– Trois jours de travail intensif, tout au plus... »

Lara acquiesce d'un sourire. Je suis rassuré : Jesper ne laissera pas Gordon annoncer sa victoire avant le 15 décembre, jour où Lara lui transmettra le disque contenant P3 dans sa totalité. C'est la latence dont la Vie et moi avons besoin pour échafauder notre plan...

Et comme l'histoire est déjà écrite, et que je me suis engagé à ne pas en modifier le cours, je prends amoureusement les mains de Lara, comme la première fois.

« Lara, ton rôle n'est pas terminé dans cette aventure. Je vais compléter P3, puis il me faudra mettre le disque en lieu sûr avant la conférence de Boston. C'est toi qui conserveras le CD-Rom, Lara ; je serai plus tranquille... »

J'avais sous-estimé l'ampleur du travail nécessaire à la clôture de P3 ; les cernes qui soulignent mes yeux témoignent de l'acharnement dont j'ai dû faire preuve pour que tout soit achevé aujourd'hui, le 14 décembre à 16 heures précises. J'appelle immédiatement Lara, qui ne retient pas sa joie :

« Oh, Jan, quel bonheur, quelle satisfaction ce doit être pour toi ! Je suis tellement fière, je n'ai jamais perdu confiance, jamais... »

Quant à moi, c'est la mienne que je ne retrouverai plus jamais ; celle que j'ai eu la folie de t'accorder. Pour l'instant, il m'importe de ne pas éveiller ta méfiance. Je te laisse poursuivre :

« Tu vas pouvoir en parler à Jesper, et cette semaine, je transmettrai au journal la déclaration de presse de l'institut qui vous attribuera la découverte des protéines de surface de Sigma. »

Je ne pense pas avoir besoin de prévenir Jesper, tu t'en chargeras sans doute dans les minutes à venir.

« Merci, mon amour, je te dédicacerai un exemplaire de ton papier sûrement brillant. Rejoins-moi tout à l'heure à la maison, j'ai un joli CD pour toi. A ce soir... »

Je raccroche.

Tout est en place. Et si tout se passe comme prévu, si l'histoire se reproduit fidèlement, Jesper va d'emblée confirmer à Gordon qu'il est en passe d'obtenir le CD-Rom contenant l'intégralité des travaux concernant P3. Le laboratoire s'empressera dès demain de s'attribuer officiellement la primauté de la découverte, anéantissant les efforts de l'institut.

Parce que c'est ainsi que les choses se sont déroulées la première fois. Tout n'est qu'apparences, c'est bien connu, et les apparences sont si trompeuses.

C'est drôle : j'entends rire la Vie.

10

« Quand il a récupéré le CD-Rom, le 11 décembre, Jan s'est enfermé jour et nuit, poursuivit Lara. Personne ne le savait en possession du disque, et Jan avait informé – mais très évasivement – Jesper et Max, le responsable du département informatique, qu'il avait l'intention, par acquit de conscience, de travailler sur les derniers éléments de P3 qui complétaient les informations volées. »

Bridget manifesta son étonnement :

« Ne craignait-il pas que Gordon cherche à dérober ces éléments complémentaires ?

– Max lui assurait une protection optimale et aucune information ne serait stockée dans le système informatique, désormais inviolable. »

Lara se mordit la lèvre ; elle craignait d'avoir éveillé la curiosité de Bridget en mentionnant le stockage de l'information. Il fallait éviter à tout prix que Bridget cherche à savoir à qui Jan, par conséquent, avait confié le disque contenant les travaux finalisés. Elle enchaîna immédiatement :

« Il n'a émergé de son bureau que le 14, avant-hier en somme, son travail achevé. Sa satisfaction n'avait d'égal que son épuisement.

– Pourquoi une telle précipitation, si le risque d'espionnage était totalement écarté ?

– P3 achevée, l'institut devait en faire la déclaration publique au plus tôt, afin d'en revendiquer l'appartenance. On pouvait bien attendre, ensuite, les Communications immunologiques de janvier pour en exposer le détail. Or, Jan connaissait les compétences de l'équipe scientifique de Gordon, qui n'avait certainement pas gardé les bras croisés à partir du moment où on lui avait confié le contenu du disque... »

Lara se tut ; son visage s'assombrit et elle se leva pour se diriger vers la fenêtre, le regard perdu. Bridget fronça les sourcils, intriguée par la tristesse soudaine de son interlocutrice.

« Jan avait réussi à clore avant-hier cette troisième et dernière phase ; on pouvait légitimement penser que tout se terminait bien, en définitive... Lara, que s'est-il passé, ensuite ?

– Le 15 décembre, en début d'après-midi, un communiqué de presse annonçait le triomphe de Gordon dans la course qui l'opposait à l'Institut de Copenhague et à celui de Boston : le laboratoire américain déclarait qu'il venait de clore les travaux de la troisième et dernière phase de Silence. Il affirmait avoir déterminé les récepteurs présents à la surface des cellules cibles et pourvu Sigma, le virus-vecteur, en protéines qui se fixaient sur ces récepteurs. » D'une voix morte, elle ajouta : « Et surtout, il avait mené à bien les études testant cette fixation de Sigma sur les cellules infectées par le virus HIV ; l'exploitation de ces tests faisait précisément l'objet des trois jours de travail herculéen dont Jan et son service sortaient...

– Vous êtes en train de me dire que Gordon a doublé Jan ? » s'écria Bridget, stupéfaite.

Lara ne répondit pas ; le silence rendait la scène plus dramatique. Elle passa une main lasse dans ses cheveux, le front collé à la vitre froide. Bridget s'approcha d'elle.

« Lara, j'ai cru comprendre que l'accès aux données de Jan était inconcevable...

– Vous avez bien compris. Et Jan a dû se rendre à l'épouvantable évidence : Kirsten avait bluffé, elle avait copié le contenu du CD-Rom avant de le restituer à Jan. Et les chercheurs de Gordon avaient réussi l'invraisemblable : ils avaient conjugué leurs travaux et les résultats qu'ils avaient dérobés et avaient accompli la prouesse de clore la troisième phase avant l'institut, puisqu'ils en faisaient déjà l'annonce officielle. » Observant Bridget, elle ne put s'empêcher d'ajouter : « Il n'y a pas d'autre solution pour expliquer cette débâcle... »

La journaliste restait muette, époustouflée par cet ultime rebondissement qu'elle n'avait pas envisagé.

Lara se retourna pour s'adosser à la fenêtre et conclure :

« Jamais je n'ai vu Jan souffrir autant. J'étais prête à tout pour apaiser sa peine mêlée de rage, mais personne n'aurait pu le calmer parce que je crois que c'était plus qu'une déception professionnelle. Au fond, il aurait tant voulu n'avoir pas été abusé par Kirsten Olsen... Je ne saurai jamais, en réalité, ce qui lui a causé la douleur la plus vive : l'échec scientifique, ou la trahison de cette femme. »

Assis sur le canapé du salon, la tête renversée sur le haut du dossier, les bras en croix, je l'observe.

Elle est contre moi, la joue sur mon torse, sa main caresse mon bras, au rythme des battements de mon cœur. Elle estime qu'il n'y a rien à dire, rien d'autre à faire, pour apaiser ma déception, que de m'entourer de sa tendresse, sans un mot.

Elle a raison ; ses mots m'achèveraient...

Elle me croit noyé dans mon chagrin. Elle a tort. Je n'ai pas le temps d'avoir de la peine ; j'ai assez souffert de l'échec de l'institut avant mon retour magique, un certain 15 décembre. Aujourd'hui, c'est le même jour, mais c'est l'heure des réjouissances. L'heure de la revanche.

Je la regarde un peu mieux. Elle a l'air douce, attentionnée. Si je n'étais pas un revenant, je croirais volontiers à sa compassion.

Voyons, Jan, elle ne partage pas ta peine, elle ne partage rien ; elle attend. Elle attend le moment opportun pour me quitter, puis m'appeler.

Pour me dire qu'elle se fait du souci de m'avoir laissé seul. Qu'il serait bien agréable d'aller se promener, pour me changer les idées. Et si je la rejoignais à l'hôtel ? Bien sûr, mon ange, je saute dans la voiture et... Et la voiture n'en fait qu'à sa tête, dans un virage.

Mort, Jan Helleberg.

C'est bien ainsi que tout s'est déroulé, Lara, n'est-ce pas ?

Oui, c'est bien ainsi. Je ne sais pas pourquoi, ça me fait rire de savoir que tout va se reproduire dans les heures qui suivent...

Reste tout contre moi, sois tranquille, le docteur embarrassant va mourir, je ne peux rien contre ça.

De la même façon que je n'ai rien pu faire, ce matin, tôt, lorsque tu es partie. Je t'ai remis le CD-Rom contenant la totalité de P3 la mort dans l'âme, je l'avoue. Que veux-tu, c'est difficile de signer son arrêt de mort simplement parce qu'on s'est engagé à ne rien changer au cours des choses...

Il ne me restait plus qu'à prier pour que Jesper ne le transmette pas à Gordon avant cet après-midi, qu'il prenne la précaution, au moins, d'en vérifier grossièrement le contenu, pour me laisser un peu de temps. Je connais Jesper, il est trop prudent pour ne pas le faire, et pour ne pas remettre le disque en mains propres aux intéressés, à Atlanta.

Oui, je suis persuadé que le CD-Rom est encore chez Jesper, qu'il l'a conservé jusqu'à maintenant.

Il le faut, pour que mon plan fonctionne.

Oh, rien de mal, rien de méchant, rien qui change la face du monde ni le cours de l'Histoire. Peut-être... changer mon histoire, seulement. Sans troubler la surface de l'eau, sans faire de remous. Les tourbillons, je vais les provoquer en profondeur.

Je prends une grande inspiration avant de commencer :

« Tu sais, j'ai peut-être la chance de pouvoir me consoler. C'est maigre, mais... »

Elle a levé les yeux, sans bouger. Elle m'interroge du regard, patiente. Pourvu qu'elle ne perçoive pas l'accélération de mon rythme cardiaque...

« Pour finir aussi vite, l'équipe de Gordon a forcément concentré ses efforts sur les tests de fixation, ceux sur lesquels j'ai travaillé ces derniers jours. Ce qui signifie que le contenu du CD, lorsqu'il était en la possession de Kirsten, a été pris comme acquis, et les chercheurs ne se sont pas donné le temps d'en étudier les détails... Si c'est le cas, l'institut a peut-être encore une chance de prendre sa revanche. »

La balle est dans le camp du serpent qui ondule contre mon corps. Mais c'est la balle qui est venimeuse, cette fois. Et il faut que Lara la saisisse, il le faut.

Alors je l'ai sentie se contracter. Elle se redresse, le regard brillant ; elle oublie une fraction de seconde de mimer l'amour. Je sais que c'est gagné.

« Une revanche ? Comment ?

– Je te répète qu'il est fort possible qu'ils n'aient pas pris le temps de vérifier les différentes étapes de ce que contenait le premier disque ; ils en ont probablement exploité les conclusions, tout simplement, pour avancer le plus rapidement possible dans la dernière partie, celle des tests, afin de clore P3 et de nous devancer. Or, Max m'a appelé à la maison ce matin, quelques minutes après ton départ. Je lui avais demandé de procéder à la vérification informatique des structures protéiques.

Deux erreurs semblent s'être glissées lors de la transcription des données. »

Elle fronce les sourcils ; elle ne semble pas saisir le sens de mes mots. Je lui injecte une petite dose d'adrénaline supplémentaire :

« Ces erreurs se trouvaient par conséquent déjà dans le disque dérobé... Ce ne sont pas des anomalies majeures, mais si elles ne sont pas détectées suffisamment tôt, elles peuvent générer d'autres erreurs qui demanderont des corrections très longues. Gordon pourrait alors ne pas être au point lors des Communications de Boston. C'est peu probable, mais ce serait pour nous l'occasion de contre-attaquer. »

Elle est maintenant tout à fait droite, presque distante – et très pâle.

« Max ne t'a prévenu que ce matin ?

– Oui, il pouvait difficilement le faire plus tôt... Forcément, le CD que je t'ai remis ce matin comporte les mêmes erreurs, mais j'ai déjà pu faire les rectifications nécessaires, et Max a été remarquablement efficace : tout est dans ce nouveau CD-Rom. »

J'ai montré d'un air détaché le disque posé sur le bureau, dont Lara ne détache plus son regard. Elle réalise enfin que je l'observe. Elle se lève, embarrassée.

« Jan, chéri, je dois partir, mais je t'appelle tout à l'heure, c'est promis. »

Son baiser est tellement inquiet que j'en ai presque de la peine. Elle sort et, par la fenêtre, je la vois ralentir le pas devant ma voiture. Sent-elle mon regard ? Elle se retourne et j'ai à peine le temps de me retrancher derrière l'épais rideau du salon. Elle sait, comme moi cette fois, que l'on a eu le temps de trafiquer les freins de ma voiture pendant qu'elle restait près de moi. Juste assez pour qu'ils ne répondent plus lorsque je vais longer le bord de mer. Comme aujourd'hui, comme tout à l'heure, quand tu vas me demander de te rejoindre.

Je compte sur toi, Lara, pour m'appeler.

Dès qu'elle a démarré, je me précipite sur mon téléphone, pour effectuer les manipulations qui dévient les appels de mon domicile vers ma ligne mobile. Je saisis les clefs de ma voiture et je quitte la maison en courant.

Au bout de la rue, j'aperçois encore le coupé de Lara ; je devrais atteindre l'institut avant qu'elle arrive à son hôtel. Avec une certaine appréhension, je m'installe sur le siège ; le moteur semble ronronner normalement. Je ressors et me penche pour regarder sous le moteur : un liquide s'écoule, goutte à goutte, sur le sol. Un petit coup vif perce si facilement la conduite d'une durite de frein... Le niveau du liquide baisse progressivement et, dans une demi-heure, lorsqu'elle va m'appeler pour que je la rejoigne, il sera suffisamment bas pour m'interdire, brusquement, en cours de route, la commande des freins. J'ai donc peu de temps ; je démarre. Éviter les accélérations et les coups de frein brusques, Jan, c'est tout ce que tu dois faire.

Il est 15 h 20, et la route est miraculeusement dégagée. En approchant de l'institut, je réalise que Jesper pourrait repérer l'arrivée de mon véhicule.

Je résiste à l'envie d'accélérer et j'atteins le cœur battant la barrière qui limite l'accès du parking au personnel.

Je sillonne les allées du sous-sol, où mes roues semblent crisser assez pour ameuter tout l'établissement. Je repère enfin la berline noire de Jesper à côté de laquelle je gare mon véhicule. Je laisse quelques secondes s'écouler pour retrouver mon sang-froid et je sors de la voiture, aux aguets. Ce n'est pas l'heure de la tournée de Nils, le gardien.

Je glisse jusqu'à la portière de la berline, côté passager ; elle est ouverte. Je m'assois et pousse un soupir de soulagement : les clés sont sur le siège, comme Nils nous le demande, pour déplacer nos véhicules si nécessaire. Je m'en empare et referme sans bruit la voiture. Je me dirige vers l'ascenseur et je m'arrête en sursautant. Je retourne avec précipitation sur mes pas et, d'un geste rapide, je replace mes clés sur le contact. Je peux maintenant monter discrètement les escaliers jusqu'au premier étage.

La porte du bureau de Jesper est fermée. Je m'approche avec précaution de celui d'Inge : il est vide. Je balaie du regard la pièce ; sur le portemanteau pendent la blouse de la jeune femme... et la veste de son patron. La sueur perle sur mon front au point que je dois l'essuyer d'un revers de manche. Tandis que je fouille dans la poche intérieure du blazer et que j'en sors un portefeuille, j'entends la voix de Jesper résonner. Je soustrais sa carte d'identité avant de le remettre en place. Sans un bruit, je m'approche jusqu'à la porte de communication, entrouverte, pour tenter de distinguer ses mots.

Je souris : c'est elle qui l'appelle, enfin parvenue à l'hôtel. Le ton de Jesper trahit sa nervosité, tandis que chez moi, la tension cède du terrain à une certaine jouissance.

« Oui, bien sûr que j'ai encore le CD-Rom, pourquoi ?... Quoi ? Des erreurs ? Quelles erreurs ?... Bon sang, c'est pas vrai... Comment veux-tu que j'aille récupérer ce nouveau disque avec les corrections ?... Chez lui ? Tu as perdu la tête ?... Es-tu sûre qu'il n'y sera pas ?... Quoi, "*j'ai déjà tout prévu*" ? Qu'est-ce que tu veux dire par là ?... Bien sûr que c'est aussi mon affaire !... Bon, bon, d'accord... J'attends ta confirmation. A tout de suite. »

Non, Jesper, tu n'as pas de souci à te faire, je ne serai pas chez moi, tu peux aller récupérer le disque sur la table. Lara avait de toute façon en tête de me faire sortir, histoire de prendre l'air : l'air de la mer, d'une voiture qui prend feu ; l'air de la mort. Cela dit, je suis surpris, tu ne sembles pas au courant. Peut-être était-ce une initiative de Lara, la première fois déjà ?

Amer, je quitte discrètement son bureau pour me réfugier dans le mien. Je ferme la porte avec douceur et prends place dans mon fauteuil, que je fais pivoter lentement dans un sens et dans l'autre, le regard rivé sur mon téléphone portable avec lequel je joue.

Moi aussi j'attends ton appel, maintenant, Lara.

11

Lara était restée adossée à la fenêtre ; elle sentait le froid traverser la vitre et toucher ses épaules, atténuant la fièvre de son abominable jeu. Elle renversa la tête en arrière, dans un mouvement d'abandon las ; ses cheveux se collèrent au verre humide et des larmes perlèrent à ses yeux. Elle décida de reprendre :

« Il était... tellement mal ; comment dire... Je ne savais pas à quel point... Je ne pouvais pas deviner, il était si secret, si renfermé... » Sa gorge se noua, sa voix s'étrangla. C'était toute la détresse du monde qu'on pouvait lire sur son visage, et Bridget en était retournée. « Bridget, je devais partir, je n'avais pas compris que les événements l'avaient anéanti au point de... »

Elle éclata en sanglots. Bridget était paralysée par ce désespoir contre lequel elle ne pouvait rien. Rien, si ce n'est écouter Lara épancher son chagrin.

« Je n'aurais pas dû le laisser, j'aurais dû rester près de lui, me rendre compte qu'il n'était pas en état de prendre la voiture, de me rejoindre où que ce soit... »

Bridget se leva, s'approcha de Lara et posa doucement une main sur le bras de la jeune femme, qui poursuivit :

« Aussitôt arrivée à l'hôtel, je l'ai appelé... J'avais mauvaise conscience de l'avoir abandonné ; je lui ai demandé de me rejoindre, pour qu'on sorte, pour le distraire... Je croyais bien faire, vous me comprenez, n'est-ce pas ? »

Son regard implorait le réconfort ; Bridget était bouleversée.

« Je sais, Lara, j'en suis sûre. Vous n'y êtes pour rien.

– Il m'a répondu que c'était une bonne idée, que cela lui ferait certainement du bien... Qu'il serait à l'hôtel une demi-heure plus tard... »

Bridget tenta de soutenir Lara qui glissait le long du mur, le visage entre les mains. L'émotion la gagna, elle aussi, et elle s'agenouilla pour prendre Lara dans ses bras.

« Il n'est jamais arrivé, Bridget... Il est mort, et moi je suis là ! »

J'éteins mon portable, souriant.

Le transfert d'appels a parfaitement fonctionné : tu viens d'appeler à mon domicile. Tu as raison, Lara, c'est mauvais de broyer du noir chez soi... Cela me ferait le plus grand bien de sortir.

C'est pour cela que je suis déjà dehors ; mais pas pour te rejoindre.

Je suis sorti pour me distraire, effectivement.

C'était déjà très divertissant, tu sais, l'affolement dont tu as fait preuve chez moi tout à l'heure ; mais l'inquiétude de Jesper, maintenant, est bien plus amusante. Comme ce doit être pénible, un programme perturbé à la dernière minute. Je veux bien le croire : moi, c'est toute ma vie que tu as désarticulée.

Je ne suis pas un monstre, Lara ; je ne pourrais jamais dire que les pas de Jesper qui martèlent le sol, en direction des escaliers de service, me réjouissent. D'ailleurs, suis-je vraiment responsable de ses actes ? C'est toi qui guides ses pas ; tu viens de l'appeler. Tu l'as rassuré : il peut partir pour Klampenborg récupérer le CD-Rom contenant la version corrigée de P3. J'ai collé l'oreille à la cloison qui sépare nos bureaux, et j'ai bien l'impression que Jesper est moins cynique que toi ; il ne comprend pas ton trait d'esprit, il le répète sans en saisir le sens... Mais je ne peux plus rien pour lui. Il s'est déjà précipité vers le parking, pour accomplir la mission que tu lui as confiée.

Bien sûr, tu ne peux pas savoir... Lui non plus ne comprend pas, il peste, assis au volant de sa voiture dont les clés ont disparu. S'il n'avait pas le souci de rester discret, il aurait volontiers volé dans les plumes de Nils. Son regard s'arrête enfin sur mon véhicule, qui atteste ma présence à l'institut ; il loue ton efficacité : tu as réussi à me faire quitter mon domicile, comme prévu. Il sort précipitamment de sa voiture et constate avec soulagement que la mienne est ouverte. Il serait d'ailleurs plus judicieux que l'on voie la voiture de Helleberg quitter le parking plutôt que la sienne. Évidemment, il n'a de comptes à rendre à personne concernant ses allées et venues, mais tout de même, c'est plus prudent... Si d'aventure il devait affirmer n'avoir pas quitté l'institut, la présence de sa voiture serait un excellent argument.

Il fouille fébrilement le fond de ses poches ; parfait, il a la clé. Celle de ma maison, Lara, celle dont j'ai fait faire un double pour que tu puisses y venir à ta guise... Il s'installe dans ma voiture, et démarre.

Il a peu de temps ; tu l'as bousculé, au téléphone. Et puis, on risquerait de remarquer son absence s'il la prolongeait excessivement... Mais la circulation est dense sur Ostervolgade ; la voiture progresse pas à pas jusqu'à Strandboulevard. Strandveje est encore un peu encombré, Jesper est obligé de limiter sa vitesse ; mais, dès qu'il aura atteint Kystvejen, la route sera dégagée, il en est sûr...

Avant de poursuivre, laisse-moi te dire que je n'en tire aucun plaisir sadique, Lara ; tu me connais, je ne ferais pas de mal à une mouche. C'est simplement l'histoire, la nôtre, la vôtre, que je raconte, celle déjà tracée que j'ai vécue et qu'on ne peut pas modifier... *en surface.*

Je voudrais bien, mais j'ai promis, en revenant.

Où en étais-je ? Ah, oui, la voiture du docteur Helleberg, qui s'engage sur Kystvejen.

Rappelle-toi ce qu'ont dit les gendarmes, ce qu'a repris la presse : quelle folie de rouler si vite sur cette route ! Les courbes en sont douces, le tracé est trompeur ; on croit pouvoir filer comme le vent, jouer les pilotes de formule un, alors qu'en décembre, le verglas risque de vous surprendre au détour d'un simple virage...

Et puis, comment deviner que les freins pourraient ne pas répondre ?

Mais c'est trop tard ; la goutte qui vient de s'échapper par la conduite est de trop. Il appuie de toutes ses forces sur la pédale des freins, mais il n'y a plus assez de liquide, et les freins ne répondent plus. La voiture a déjà quitté sa trajectoire ; elle a percuté le muret de protection et elle ne cessera sa course qu'en s'écrasant sur les rochers.

L'explosion est d'une rare violence, Lara, et elle tue sur le coup le malheureux conducteur. L'épiderme du visage est atrocement brûlé, comme une peau de chagrin, un globe oculaire a quitté son orbite, le corps se disloque en un éparpillement de chairs carbonisées. Il est méconnaissable, mais il n'y a pas de doute, c'est son véhicule – ou ce qu'il en reste : le docteur Jan Helleberg vient de perdre la vie dans un accident.

En définitive, je n'ai rien changé, ou presque, aux grandes lignes de ma « première » existence.

Le CD-Rom volé, restitué, complété ; les trahisons, le succès déclaré de Gordon, tout est respecté. Jusqu'à la mort programmée de Kirsten, de Peter... et de Jan. En tout cas, tout porte à le croire.

Écoute, Lara, entends-tu l'écho d'un soupir lointain ? C'est la Vie. Elle est soulagée ; elle avait si peur que mon stratagème ne modifie le cours de l'histoire, que je ne te confie pas le disque, que je retranche quelques cadavres aux événements... Bien sûr, si on en venait à déterminer l'identité précise des morts... Mais tu sais bien qu'on se contente des apparences. Ce sont elles qui comptent, ce sont elles qui trompent.

Mais je te raconte tout ça alors que tu n'entends rien ; tu n'entendras que ce que te dira dans une heure ou deux, sur le pas de ta chambre d'hôtel, le policier contrit à qui incombe la douloureuse tâche de t'annoncer ma mort. Officielle. Helleberg est mort, mais pas moi, cette fois. Seulement, ça, je suis le seul à le savoir.

Tu constates simplement, à travers ses condoléances, que ton plan a bien fonctionné.

Le mien aussi.

Enfin, c'est un peu compliqué.

En attendant, je m'installe nonchalamment dans le bureau de Jesper. Sur la table, une lettre ; il a tout juste eu le temps de la rédiger, avant de partir dans la précipitation. Tiens, Jesper démissionne de son poste... Forcément, clore toute une carrière sur un échec scientifique aussi cuisant impose de se retirer dans la dignité, sans bruit. Il sera toujours temps de relever la tête, à l'étranger, en piochant dans un compte suisse bien garni.

Je plie avec précaution la lettre avant de la ranger dans la poche intérieure de ma veste. Songeur, je me cale un peu mieux dans le fauteuil. C'est bien beau de mourir, pour respecter un vécu, mais je me sens nu, maintenant ; j'aurais bien besoin d'une nouvelle enveloppe.

12

Lara resta plusieurs minutes dans les bras réconfortants de Bridget. Sans doute nécessaires pour parfaire le tableau, elles lui semblèrent interminables. Puis elle se dégagea avec douceur et toutes deux allèrent s'asseoir sur le canapé. Bridget se dirigea vers le minibar, d'où elle sortit une petite bouteille. Elle en versa le contenu dans un verre et l'apporta à Lara.

« Buvez ça, ça vous requinquera. »

Lara regarda Bridget avec une ébauche de sourire ; elle qui détestait le whisky... Elle but d'un trait, couvée des yeux par la journaliste qui reprit place à ses côtés. Sentant Lara moins abattue, elle reprit :

« Lara, vous avez accepté de me recevoir pour que d'une banale interview se dégage peut-être un nouvel éclairage sur la mort de Jan... »

Lara eut un mouvement d'impatience.

« Je sais que rien ne vous rendra l'homme que vous aimiez et que vous avez perdu. Et vous avez compris, je l'espère, que je ne cherche pas le scoop scandaleux. Je ferai mon possible, cependant, pour que soient posées les vraies questions, au cas où la police les éluderait, mais là n'est pas la vraie priorité, Lara. La seule personne qui doit savoir, qui doit avoir compris pour vivre en paix, c'est *vous.* »

Elle pointait le doigt en direction de Lara, qui sourit intérieurement : cette fille naïve allait sans doute lui demander de tirer des conclusions, de désigner un meurtrier. Elle lui offrirait ainsi une occasion supplémentaire de déplacer la culpabilité sur un innocent... Il fallait être habile, mais sans excès ; la manœuvre était périlleuse. Elle préféra laisser Bridget poursuivre ; elle abonderait ensuite dans le sens de l'hypothèse que son interlocutrice avancerait.

Bridget arrêta le magnétophone qui fonctionnait depuis la reprise de leur entretien, le matin. Lara en fut soulagée : cet enregistrement était une menace permanente. Il donnait à Bridget la possibilité de réécouter tout ce qu'elle avait dit, y compris les propos ambigus, qu'elle n'avait malheureusement pas toujours retenus.

« Lara, maintenant qu'ensemble nous avons reconstitué l'enchaînement des faits, trouvez-vous plausible la thèse de l'accident malheureux ? Imaginiez-vous que Jan pouvait être fragilisé par l'échec de l'institut au point de ne pas pouvoir contrôler son véhicule sur une route qu'il empruntait régulièrement ? »

Lara ne répondit pas. Elle paraissait attendre la suite. Bridget, confortée dans sa démarche, continua avec passion :

« Ce n'est pas la seule raison de douter de la thèse de l'accident. Les paroles de mon contact policier me reviennent à l'esprit : les conditions climatiques n'ont pas pu rendre la route glissante... Il n'y avait pas de verglas, la chaussée n'était même pas humide. » Son ton devint plus incisif : « Enfin, votre récit ne laisse aucun doute sur l'absence de scrupules de certains protagonistes ; ne croyez-vous pas qu'il s'agit d'un crime de plus ? »

Ne rien dire, ne rien tenter ; la laisser supposer, pour l'instant.

« Bridget, je vous en prie, livrez-moi le fond de votre pensée, sans maquillage.

– Je ne pense pas vous révéler l'inconcevable, Lara. Je suis sûre que vous êtes arrivée aux mêmes conclusions, mais peut-être qu'à deux nous aurons le courage de les formuler plus clairement. L'histoire – telle que vous l'avez racontée, bien sûr (Lara tressaillit imperceptiblement) – et son dénouement suggèrent fortement la complicité de Kirsten Olsen et de Smith, pour le compte de Gordon. Lorsque Smith meurt, elle ne croit peut-être pas – comme d'autres, sans doute – au crime crapuleux. Elle n'a alors plus qu'un objectif : venger la mort de celui qui était peut-être plus qu'un partenaire d'espionnage... Il lui faut un coupable, dans cette affaire qui coûte la vie à l'homme qu'elle aime ; et dans sa rage elle choisit Jan, sans lequel rien de tout cela ne serait arrivé, en somme.

« Ce n'est peut-être pas son seul motif de désirer la chute de votre ami : personne ne sait quelles ont été les séquelles de leur divorce, Lara. Et vous êtes bien placée pour imaginer ce dont est capable une femme meurtrie... Une vengeance personnelle, donc, qu'elle est ravie d'assouvir avec l'aval de Gordon, en l'occurrence. Jan restait tout de même celui qui risquait d'accuser le laboratoire de plagiat lorsque celui-ci présenterait les résultats volés comme les siens. »

Pour toute réponse, Lara acquiesça, le regard perdu dans le vide, tentant de signifier qu'elle ne pouvait que se résoudre à une telle évidence. Sa consœur était décidément parfaite en matière d'investigation policière... Bridget continua sur sa lancée :

« Cependant, c'est un peu ennuyeux de tout fonder sur une revanche personnelle dans une affaire où tant d'autres intérêts, notamment économiques, sont en jeu. Il est tout de même surprenant que les hommes de Gordon aient pu dénicher Smith dans un endroit aussi inattendu qu'Istedgade pour le tuer... Alors que somme toute, très peu de personnes devaient être au courant de sa présence à Copenhague... »

Lara ne savait plus si elle lui avait dit qu'elle était aux côtés de Jan lorsque Smith avait téléphoné. Si, bien sûr... Quelle erreur ! Elle resta impassible, laissant Bridget parler.

« Par ailleurs, je reste sceptique sur l'identité effective de Kirsten. Si Smith et elle s'étaient effectivement désolidarisés de Gordon, elle aurait exigé une contrepartie en restituant le CD, ou du moins elle se serait manifestée ultérieurement... L'a-t-elle fait, en l'occurrence ?

– Non, pas à ma connaissance. »

Lara avait répondu cette fois avec une certaine

nervosité. On avait découvert le corps de Kirsten, mais sans pouvoir l'identifier, elle l'avait lu dans le journal la veille. A moins que les choses aient évolué à son insu ? Bridget était bien placée pour obtenir ce genre d'informations, aussi confidentielles soient-elles. Lara sentit son pouls s'accélérer. La journaliste enchaîna :

« Enfin, vous m'avez expliqué que tout le monde, y compris Jan, estimait l'équipe de Gordon incapable de compléter P3 à partir de la simple exploitation du disque volé, ou qu'il s'agissait d'une prouesse quasi inconcevable, en dépit de la qualité des membres de cette équipe. Peut-on tout de même croire que Gordon ait réussi un tel exploit ou faut-il envisager, plutôt, qu'un de ses pions ait eu accès aux travaux complétés par Jan, malgré les précautions prises ? »

Bridget avait formulé la dernière hypothèse très posément, tout en guettant la réaction de Lara. Presque imperceptiblement – ou n'était-ce qu'une impression de la jeune femme ? –, Bridget avait eu un mouvement de recul, elle avait mis une distance entre elle et sa voisine.

Lara contrôlait difficilement la panique qui l'envahissait. Bridget avait sans doute imaginé que Jan avait pu lui confier le fruit de ses travaux : elle était celle qui jouissait de la confiance absolue du chercheur. C'était elle par conséquent que Bridget visait au travers de ses derniers mots, qui prenaient des allures d'accusation à peine masquée.

Bridget jouait négligemment avec son stylo ; elle semblait embarrassée, mais finit par se décider :

« Il y a bien une autre hypothèse, Lara, mais... »

Lara serra les poings, sans savoir quel comportement elle adopterait lorsque Bridget l'aurait désignée comme coupable, avec des détours, certes, mais sans équivoque. Elle articula avec peine :

« Je vous écoute. »

Ce n'est pas fini ; un contrat doit être respecté jusqu'au bout, surtout quand il lie un revenant et la Vie.

Il est 16 h 30 : il y a plus d'une heure que Jesper a raccroché pour se rendre à mon domicile et récupérer le CD-Rom, et tu n'as toujours pas de nouvelles de lui. Et Inge qui t'affirme avec une pointe d'agacement que malgré tous ses efforts elle ne le trouve nulle part au sein de l'institut ! Cette fille ne trouverait pas son doigt au milieu de la main...

Tu veux en avoir le cœur net. D'ailleurs, tu peux quitter l'hôtel en toute sérénité : je ne viendrai certainement plus...

Une fraction de seconde, j'ai cru t'avoir mal cernée, j'ai cru que tu ne viendrais pas, ce qui m'aurait dangereusement écarté des règles du jeu magique : l'histoire aurait changé de visage.

Mais je te connais, je te devine, mon amour, et te voilà, je t'aperçois depuis la fenêtre du bureau de Jesper ; je guettais fébrilement ton arrivée. Tu gares la voiture un peu plus loin et tu rebrousses chemin à pied en direction du parking de l'institut. Tu passes lestement sous la barrière, avec un petit sourire charmeur pour Nils. Et tu ressors précipitamment, d'un pas nerveux qui trahit ton exaspération. Comment te le reprocher ? La voiture de Jesper est encore ici, cet incapable n'a pas réussi à se libérer... Le temps presse, et il est urgent que tu t'en charges.

Tu démarres en un éclair ; il faut bien que quelqu'un récupère ce maudit disque...

Étonnamment, tu te diriges vers le Rigshospitalet. C'est exact : il est plus judicieux, pour te rendre à mon domicile, d'emprunter un chemin différent de celui que je suis et que tout le monde – Jesper, en l'occurrence – suit ; l'accident risquerait de ralentir, voire de bloquer, une circulation déjà difficile. Et puis, ton cynisme ne va pas jusqu'à prendre plaisir à observer les débris de mon véhicule.

Tu vas probablement traverser Emdrup, longer Lynbyvej et bifurquer au niveau de Bernstorfvej vers Charlottenlund. Tu passes ensuite dans les rues d'Ordrup, calmes, pour déboucher sur Klampenborg.

Tu t'arrêtes enfin à une extrémité de Durehavevej, et tu t'assures qu'aucune voiture n'est stationnée devant la maison avant de t'en approcher.

Tu te glisses dans le jardin ; tu as évidemment un double de la clé. Je me demande si ton cœur bat aussi vite que le mien, alors que je n'ai plus qu'à laisser les choses se faire...

Tu te précipites vers le bureau : le disque est là, en évidence, offert. Tu le prends d'un geste rapide, tu dois certainement ressentir un mélange de victoire et de tension, tandis que tu es en passe de toucher au but.

Tu ressors, tu refermes la porte avec précaution, et tu cours vers ta voiture. Tu t'installes, palpitante, mais satisfaite. Il ne reste plus qu'à déposer le CD à l'endroit convenu avec Gordon.

Tant pis, Jesper ne pourra pas en vérifier le contenu, mais le temps presse...

Tant mieux.

Il est vierge, rigoureusement vierge, ce disque.

Et pour que la boucle soit bouclée, pour que tu sois prête à accueillir le policier annonciateur du triste message de ma mort, tu retournes à l'hôtel.

Nous avons tous deux accompli notre tâche – identique en surface. Ce 15 décembre fut vraiment éprouvant.

Moi aussi, je vais devoir me trouver un hôtel pour la nuit. Je viens de quitter la Vie ; nous avons dressé le bilan de mes petites modifications de fond, somme toute inoffensives : le cours des événements ressemble à s'y tromper à celui qui précédait ma première mort... effective.

Et la Vie s'en est retournée, sans me tenir rigueur de m'être un peu plus accroché à l'existence que la première fois. Une petite entorse invisible, en définitive : Jan Helleberg est bien mort, officiellement, et c'est ce qui compte. Enfin, la Vie me doit bien ça ; j'ai lavé son honneur de l'humiliation infligée par Lara.

Je vais même faire plus, parce que je suis perfectionniste, et qu'on ne se refait pas. Ou si rarement.

13

Bridget hésitait ; ses mains, nerveuses, se défoulaient maintenant sur le stylo avec lequel elle jouait.

« Lara, je sais que ce que je vais dire peut vous choquer, mais, s'il faut évoquer toutes les versions possibles, je peux difficilement laisser de côté une dernière hypothèse, qui a le mérite de balayer toutes les incohérences que je viens de vous exposer. Lara, n'avez-vous jamais envisagé que *Jan* pût être à l'origine de toute cette machination ? »

Lara fronça les sourcils, sans comprendre. Bridget reprit :

« Et si Jan, Peter et Kirsten étaient tous à la solde de Gordon ? »

Lara retint de justesse un grand soupir de soulagement. Elle aurait voulu embrasser la jeune femme ; mais sa raison lui dicta un autre comportement. Elle se redressa, toutes griffes dehors.

« Comment..., comment osez-vous ! »

Bridget se raidit, sans pour autant faire machine arrière :

« Je savais que vous réagiriez ainsi, mais laissez-moi poursuivre, je vous en prie. Ce n'est qu'une hypothèse, et vous êtes trop honnête pour ne pas accepter de l'écouter au même titre que les autres. »

Lara jugea bon de se calmer, curieuse de comprendre par quel mécanisme Bridget en était venue à lui offrir cette porte de sortie inespérée.

« Jan commence par livrer le contenu de P2 à Gordon. Lorsque l'institut prend les précautions qui s'imposent, il est clair que la moindre fuite d'informations ferait suspecter une trahison interne, et par conséquent un membre de l'institut. Comme il ne peut pas prendre ce risque, Jan s'arrange pour introduire Smith au sein de l'équipe, une cible presque trop parfaite quand le CD disparaît et qu'il faut trouver un coupable... Smith connaît la fin que l'on sait, commanditée peut-être par Jan, qui élimine ainsi un homme qui en sait trop et qui aura peut-être des velléités individualistes.

« Il ne lui reste plus qu'à orchestrer la mascarade de la restitution du CD par Kirsten. Sans elle, on aurait vite soupçonné Jan d'être de mèche avec Gordon.

« Jan complète P3, transmet enfin la totalité des résultats à Gordon... qui n'a plus besoin du brillant chercheur. Il s'en est débarrassé hier. »

Les deux femmes restèrent silencieuses. Bridget estimait qu'elle ne devait pas aller plus loin, croyant Lara déjà suffisamment meurtrie, tandis que Lara avait parfaitement saisi qu'un silence exprimerait bien plus dramatiquement son assentiment.

Il était presque midi. Bridget regarda sa montre et commença à ranger son matériel.

« Le mieux qu'il me reste à faire, c'est de rentrer et de réécouter avec un peu de recul l'ensemble de votre récit. Je vais laisser les choses se décanter et je déciderai plus aisément du ton de mon article. Il est évident que je ne ferai rien sans vous demander votre avis, soyez-en persuadée. »

Lara feignit de sortir de sa rêverie :

« Oui ? Oui, bien sûr...

– J'ai mauvaise conscience, de vous abandonner à votre solitude... Je ne voudrais pas que vous broyiez du noir.

– Ne vous faites pas de souci, je ne resterai pas seule bien longtemps. L'enterrement de Jan a lieu cet après-midi.

– Lara, croyez-vous judicieux de vous y rendre ? Je vous assure, ça ne peut que... »

Lara l'interrompit d'un geste.

« Il le faut, Bridget. J'en ai besoin. Je dois prendre conscience définitivement de sa disparition. »

Bridget lui prit la main affectueusement.

« Alors, appelez-moi ce soir, nous irons manger ensemble.

– C'est promis. »

Près de sortir, Bridget regarda Lara sourire et elle admira ce qu'elle prenait pour du courage. Elle agita la main et disparut dans le couloir.

Lara referma la porte derrière elle et s'y adossa, enfin délivrée. Elle sourit à nouveau. Un sourire de satisfaction après un sale boulot bien réalisé.

Je suis un peu loin du cimetière, mais c'est plus prudent : je ne suis pas sûr qu'il soit judicieux d'être aperçu le jour de son enterrement. Encore moins dans la voiture du vrai cadavre.

Te voilà. Tu descends du taxi, superbe en deuil. Le noir te va bien. Il est d'ailleurs très approprié à la circonstance : ce n'est pas tous les jours que l'on perd deux amants d'un coup... Mais tu ne le sais pas. Tout le monde te soutient ; tu dois tant souffrir...

Il faut dire qu'au-delà de ta tristesse, digne mais jouée, il y a chez toi aujourd'hui une tension très authentique. Tes gestes sont nerveux, ta démarche crispée par moments. Tes lunettes noires cachent certainement un regard inquiet... Bien sûr, tu aurais volontiers évité cette dernière hypocrisie, cette indécence ultime qui consiste à m'enterrer ; mais il n'y a pas que ça. Le silence de Jesper te préoccupe.

Aucune nouvelle de lui depuis hier soir. Certes, tu le sais prudent et enclin à éviter toute maladresse qui établirait un lien entre vous ; mais tout de même...

Cela dit, le plan semble se dérouler normalement, puisque sa démission est officielle depuis la fin de la matinée : tu en déduis qu'il a rédigé et posté la lettre, comme prévu. Il doit t'attendre sereinement, ou peut-être est-il déjà parti préparer votre retraite dorée ? Dans ce cas, tu ne tarderas pas à recevoir un appel, un courrier, un indice qui te révélera l'endroit où vous devez vous retrouver, loin de toute cette pénible affaire. Et puis il t'aime, tu en es certaine ; pourquoi t'inquiéter ?

Tu as raison, Lara, ne t'embarrasse pas de préoccupations inutiles : je prends soin de Jesper.

Regarde, je détruis même le dossier informatique accablant que Smith possédait.

Il est déjà 15 heures ; je vais devoir vous quitter. Je ne peux pas me permettre de manquer l'avion : j'ai quelques formalités administratives à régler.

Je descends dans le parking souterrain de l'aéroport de Copenhague. J'ai pitié de la voiture de Jesper : elle risque de passer un long moment ici, et je n'ai pas le cœur de la laisser à l'extérieur.

Je me fraie un chemin dans le hall de départ jusqu'au comptoir Swissair.

« Bonjour, mademoiselle. J'aimerais un billet pour Genève, je vous prie.

– Bien sûr, monsieur. Quand désirez-vous partir ?

– Par le prochain vol. »

Je l'interromps brusquement, avant qu'elle entreprenne sa recherche :

« Pardonnez-moi, mais ma secrétaire a probablement effectué une réservation.

– Et je suppose que vous ne connaissez pas le numéro du dossier, ajoute-t-elle avec un sourire complice. Quel est votre nom, monsieur ? »

L'hésitation est courte :

« Sorensen. Jesper Sorensen.

– Effectivement, votre place est réservée sur ce vol. Je vais émettre votre billet... Ah, le dossier contient autre chose... Devez-vous prendre un autre avion à Genève, monsieur Sorensen ? »

La question me prend de court, et je ne sais que répondre. Elle me sauve :

« Ne vous séparez jamais de votre secrétaire, elle

me semble indispensable, lance-t-elle en riant. Je vais identifier les autres éléments du dossier. Voilà. Il contient une deuxième réservation, monsieur Êtes-vous accompagné ? »

Surpris, je reste évasif.

« A priori, non...

– Mlle Radford ne part pas avec vous, alors... »

Bouffée d'amertume avant de répondre :

« Non, elle ne m'accompagne pas. »

Épilogue

« Une pièce d'identité et le numéro de compte ; c'est suffisant, oui, je vous remercie, monsieur. »

Stéphane Louvier travaille à la banque suisse Charlier. Son nom est inscrit sur cette plaque, là, posée sur le guichet. Le jeune homme consulte l'écran d'ordinateur masqué par le comptoir, et se lève, presque obséquieux ; le compte doit être bien fourni.

« Veuillez me suivre, monsieur Sorensen. M. Smiet va vous recevoir. »

Je patiente quelques instants dans une pièce élégamment meublée, au sixième étage d'un immeuble cossu, devant une baie vitrée qui m'offre une vue sublime sur le lac. Le directeur de la banque me tire de ma contemplation pour me recevoir dans son bureau.

« Monsieur Sorensen, tous les virements seront effectués dans le courant de la semaine. Et, pour en revenir à la question que vous vous posiez, soyez sans crainte : la discrétion reste de rigueur dans notre établissement. Personne, absolument personne d'autre que vous, n'a accès au détail des transactions effectuées sur le compte ouvert sous ce numéro. »

Numéro que j'ai scrupuleusement relevé avant de détruire le dossier que Smith possédait concernant Jesper.

Je prends congé de ce monsieur pour remplir ma dernière mission. Après, Jan Helleberg aura peut-être le droit de vivre, à nouveau. Mais loin, là où son existence ne surprendra personne.

J'ai emballé très sommairement le CD-Rom, avant de le glisser dans une grande enveloppe sur laquelle on lit l'adresse du docteur Jonathan Mattews.

« Il me faut le nom de l'expéditeur, monsieur », dit l'agent derrière le guichet.

Je n'ai pas besoin de réfléchir, cette fois. Il ne s'agit plus d'emprunter une identité ; j'ai juste envie de rendre un dernier hommage, posthume, hélas :

« Smith ; écrivez : Smith et Olsen. »

Voilà, c'est fini. Juste quelques souvenirs douloureux à effacer ; lentement, avec le temps.

Et vivre, surtout. Quel privilège ! Goûter à la vie sans faux-semblants.

Dans ce tableau clair, une seule ombre, pourtant. Un vice délicieux qui me rappelle l'humain que je reste : le plaisir de la revanche.

Il y a la revanche grossière, celle qui aurait pu me conduire à changer vulgairement le déroulement de tes plans sordides ; te traquer, te tuer, même, Lara. J'en avais envie, tu sais, mais j'ai bien réfléchi ; Gordon saura s'en charger, quand il constatera que tu lui as remis un CD-Rom vierge.

C'est une autre revanche que je me suis réservée. Elle est plus subtile ; elle utilise tes armes, elle procède de la pire des façons : elle maltraite l'amour. Le tien, cette fois, Lara.

C'est ton amour pour lui qui te laisse confiante. Puis, par amour, tu vas t'inquiéter : le silence est décidément long. Ton amour frissonnera quand on retrouvera sa voiture à l'aéroport, il chancellera quand tu sauras qu'il a retiré son billet d'avion. Et quand tu devras te rendre à la seule évidence, tu souffriras. Comme moi.

Jesper ne t'appellera jamais, et quand ton cœur ne pourra plus tricher, tu connaîtras l'abominable impression d'avoir été manipulée au nom du seul sentiment qui vaille la peine d'être vécu.

On maltraite tout, Lara : les gens, les choses, la Vie même. Mais pas l'amour.

La composition de cet ouvrage
a été réalisée par I.G.S.-Charente Photogravure,
à l'Isle-d'Espagnac,
l'impression et le brochage ont été effectués
sur presse Cameron dans les ateliers
de **Bussière Camedan Imprimeries**
à Saint-Amand-Montrond (Cher),
pour le compte des Éditions Albin Michel.

Achevé d'imprimer en janvier 2000.
N° d'édition : 18639. N° d'impression : 000151/4.
Dépôt légal : février 2000.